Buraco Negro

Buraco Negro

ALDIVAN TORRES

Canary Of Joy

Contents

1

"Buraco negro"
Aldivan Torres
Buraco Negro
©2016-Aldivan Torres
Todos os direitos reservados

Este livro eletrônico, incluindo todas as suas partes, é protegido por Direito de autor e não pode ser reproduzido sem a permissão do autor, revendido ou transferido.

Pequena biografia: Aldivan Torres, natural de Arcoverde, desenvolve a série de romances "o vidente", poesias, livros do gênero autoajuda, religiosos, do campo da sabedoria, entre outros. Até o momento tem títulos publicados na língua portuguesa, espanhola, inglesa, francesa e italiana. Desde cedo, sempre foi um amante da arte da escrita tendo consolidado uma carreira profissional a partir do segundo semestre de 2013. Espera com seus escritos contribuir para a cultura Pernambucana e Brasileira, despertando o prazer de ler naqueles que ainda não tenham o hábito. Sua missão é conquistar o coração de cada um dos seus leitores. Além da literatura, seus gostos principais são a música, as viagens, os amigos, a família e o próprio prazer de viver." Pela literatura, igualdade, fraternidade, justiça, dignidade e honra do ser humano sempre" é o seu lema.

Dedicatória e agradecimentos

Dedico este livro a todos os entusiastas do conhecimento e dos mistérios mais profundos. Buraco negro vem para trazer novas informações sobre o instante em que tudo se transforma e produz milagres.

Agradeço em primeiro lugar a Deus, a minha família, colegas de trabalho, amigos, conhecidos e admiradores da minha carreira. Incentivaremos a literatura nacional e buscar ganhar cada vez espaços maiores.

"A mão de Javé pousou sobre mim e o espírito de Javé me levou e me deixou num vale cheio de ossos. E o espírito me fez circular em torno deles, por todos os lados. Notei haver um excesso de ossos espalhados pelo vale e que estavam todos secos. Então Javé me disse: criatura humana, será que esses ossos poderão reviver? Respondi: Meu senhor Javé, és tu que sabes. Então ele me disse: profetize, dizendo: ossos secos, ouçam a palavra de Javé! Assim diz o senhor Javé a esses ossos: infundirei um espírito, e vocês reviverão. Cobrirei vocês de nervos, farei com que vocês criem carne e se revistam de pele. Em seguida, infundirei o meu espírito, e vocês reviverão. Então vocês ficarão sabendo que sou Javé." (Ezequiel 14,1-6)

Introdução

Buraco negro é a sétima aventura da série "O vidente" e que promete muita emoção, aventura e "suspense". Inspirados pela aventura revelada em Kalenquer, nossos amigos vão buscam compreender o maior desafio de todos: "O buraco negro", **um ponto para onde tudo converge e se transforma.**

A fim disso, é necessário superar o desafio dos selos, algo nunca alcançado por um ser humano. Neste caminho, encontram um mestre, uma viagem, desafios, ricas experiências, dor, sofrimento, reconhecimento, vitória e fé. Um livro que vai inspirá-lo a ser um ser humano mais atuante, ligado com Deus e com o bom conhecimento. Desejo uma boa leitura a todos.

Sumário

Parte 1

1 — Reinício de caminhada

2 — Em subida
3 — A viagem
4 — O Primeiro contato
5 — A noite e as histórias de Crovos
6 — Temor de Deus
7 — O desafio do poder
8 — Um verdadeiro exemplo
9 — O improvável
10 — O ritual
11 — Uma história
12 — Ventos no mar
13 — A verdade que liberta
14 — A divisão de pães
15 — Mal não cura mal
16 — A fortaleza nos momentos de escuridão
17 — O domínio do poder
18 — A chegada do mestre da luz
Em algum lugar do interior de Pernambuco

Amanhece no pequeno povoado onde tudo começou: O sonho da série o vidente, as dúvidas, as indiferenças e a esperança na concretização de um milagre. Divino permanecia o mesmo, um pequeno sonhador. Porém, agora concretizara parte de seus objetivos sendo conhecido em boa parte do mundo ocidental. O sonho da literatura ainda era embrionário, mas com o passar do tempo estava ganhando forma e cor traduzidos em palavras que encantavam cada vez mais corações.

Como de costume, o nosso principal amigo e personagem acordara cedo sempre disposto. Era o seu primeiro dia de férias num total de trinta e só este fato já era algo a ser comemorado. Sentindo-se livre, o mesmo levanta-se de sua cama boxe desajeitada pelos solavancos da noite, a noite e a madrugada não foram tão boas, pois tivera pesadelos horríveis. Ainda bem que não passavam de uma ilusão de sua mente por vezes conturbada.

O vidente estava completamente despido, suado e cansado de suas peripécias da noite. Sozinho no quarto, ele procura em seu guarda-roupa uma toalha e uma cueca cor azul-marinho. Ao achar, as vestes e ultrapassando a porta do seu recinto, atravessa às duas salas e chegando ao corredor, entra no banheiro.

No mesmo, satisfaz suas necessidades fisiológicas e toma um bom banho. Neste tempo, busca refletir sobre seu início de trajetória até os dias atuais. Já reunira as forças opostas, entendera sua noite escura da alma, numa retrospectiva entendera o presente e o passado, mostrara a um condenado o poder de Deus e a dimensão do seu amor, deram uma basta em seu personagem e mostrara ao mundo o que é capaz como filho de Deus, fora até o início dos tempos descobrindo um segredo e lutara contra o preconceito enrustido das pessoas, enfim, estava num caminho de aprendizado muito rico e surpreendente. Isto era só o início e tudo conspirava para uma evolução crescente e mais definitiva.

A realidade demonstrava ser necessário agir em busca de novos horizontes e aventuras. Como próprio se definira, ele era um eterno aprendiz e era necessário continuar sempre na ativa para não perder o fio da história. E que história! Com esta afirmação interior, ele conclui seu banho e percorre o mesmo caminho de sua casa, todavia em sentido contrário. Ao fechar a porta de seus aposentos, escolhe uma roupa limpa e bonita. Escolhe umas calças azul, uma camiseta cor laranja e um sapato social preto. Enquanto se veste, seu pensamento pousa em seus seguidores. Involuntariamente preocupa-se com todos eles, em especial Renato, que era seu parceiro inseparável. Como estaria? Fazia tempo que ele não aparecia e sentia-se um pouco um órfão abandonado apesar de a recíproca ser mais plausível. A única possibilidade de descobrir tinha respeito com sua decisão que prometia ser devastadora. Estava cansado de esperar. Certo disso, ele arruma sua mala com objetos essenciais. Dentre eles, roupas, objetos de higiene pessoal, livros sagrados, um pouco de comida, o seu celular e um rádio de pilha, agenda, relógio e um mapa como não se perder no caminho.

Confiante e carregando a mala inseparável, o filho de Deus abandona seu quarto, vai à cozinha, toma café, conversa um pouco com seus familiares e anuncia sua pretensão de viajar nas férias. Não diz nem o destino, nem o tempo de afastamento o que provoca um ar de mistério. Sem problemas. Eles estavam acostumados com as saídas repentinas dele devido ao seu trabalho como escritor. Era uma atividade que exigia tempo, dedicação e recolhimento. Ao final das aventuras, ele estaria de volta assim como todo bom filho faz.

Uma nova história iniciava-se. Saindo da cozinha após abraços e beijos calorosos em seus parentes ele dirige-se a saída de sua residência ainda em reforma. Seus entes cuidariam de tudo enquanto ele estivesse ausente. O pequeno percurso até o lado de fora é percorrido com intensidade e energia. O mundo estava à espera de mais uma grande jornada dos heróis da série o vidente, a equipe mais respeitada do mundo literário. O sucesso era o fim certo deles.

Ao sair, ele pega a trilha que conduzia ao sopé da montanha do Ororubá. O que aconteceria com nosso ídolo amado? Não percam os próximos acontecimentos. Até o próximo capítulo.

Em subida

O começo de subida produziu no pequeno sonhador boas recordações de outrora. Por diversas vezes já visitara aquele lugar e em todas elas constataram ser um sacrário. Ela abrigava a guardião, o jovem Renato e o experiente hindu, personagens sábios e valorosos da série o vidente os quais deixaram sua marca. Esperava que também desta vez ela produzisse um milagre, pois se encontrava necessitado. Explico melhor. Apesar de ter vivido aventuras sensacionais, o espectro de autor iniciante que carregava era um grande entrave para alcançar as livrarias e consequentemente o grande público. Ainda vivia uma fase intermediária de luta e empenho exaustivos em que muitas vezes se perguntava qual o caminho era o mais certo ao seguir. Nos caminhos, constantemente era bombardeado pelo cansaço e desespero, fruto da ocupação principal desempenhada no setor público fazendo com que não se dedicasse inteiramente totalmente à literatura, seu grande sonho. Contraposto a isto, a segurança do serviço público proporcionara a solidez necessária para retomar a escrita. Por conseguinte, não poderia deixar de trabalhar num país de poucos leitores e grande porcentagem de pobres e analfabetos funcionais.

Digamos que a etapa atual era boa pelo fato do renascimento e com perspectivas cada vez melhores. Era isto que esperava o nosso ídolo, o otimismo e fé davam-lhe forças no pequeno trajeto até o sopé da montanha. Olhando ao derredor, para um pouco no tempo e espaço para admirar a paisagem quase sertaneja. Estava quase tudo como antes, a exceção da retirada de algumas árvores velhas derribadas pela natureza e pela massacrante ação do homem. Repentinamente, olha para o céu encarando as nuvens cinza um pouco nubladas. Faz uma prece rápida e o tempo fica mais aberto. Controlar o tempo era um dos seus poderes secretos os quais costumava usar em caso de necessidade. Chacoalha a blusa de seda por conta do calor e prossegue a caminhada. Um pouco depois, já está na parte íngreme da serra.

Neste instante, vem à tona os desafios e todo o sofrimento causado por eles. Sente-se feliz por superar seus limites mesmo quando estava desacreditado Era um fenômeno produzido por Deus diante da angústia e miséria do sertão do nordeste Brasileiro, terra abandonada pelas elites e pelos governantes. O valor do pobre resumia-se ao sufrágio universal representando o segundo colégio eleitoral do país quase sempre decisivo em momentos históricos de nossa nação democrática. Entretanto, o sertanejo e o brasileiro não costumavam desistir tão facilmente.

Divino era um exemplo disso envolvendo coragem, dedicação, determinação, trabalho e a constante busca pelo conhecimento. Avança celeremente na trilha sertaneja e com um pouco mais de tempo, ultrapassa um quarto do percurso. Dentre o sopé até ali, vencera os espinhos, as pedras, os animais selvagens, o sol quentíssimo, as dúvidas, o medo e as forças negativas da montanha. Ainda bem que tudo era por uma causa justa.

Enquanto subia, seu pai agia secretamente aumentando sua motivação e esperança quanto a um mundo melhor. Este era o principal objetivo de sua missão, transformar a mentalidade das pessoas de maneira que elas cressem mais no amor do pai celestial abandonando com isso a maldade, a arrogância, o egoísmo, a ignorância, o preconceito e a competitividade exacerbada. Todo mundo tinha um lugar no mundo e especialmente no coração do pai que amava a todos.

Logo depois, já está na metade do caminho. Neste ponto, o pequeno grande homem de Mimoso, olha para trás e observa a silhueta do seu arruado. Quanta história e quantas emoções vividas. Foi ali que aprendera a ser um indivíduo do bem e que crescera em meio a inúmeras dificuldades que não destruíram por completo sua crença nas forças divinas. Era um lindo lugar entrecortado pelas serras de Mimoso e do Ororubá com um charme especial de entrada nas várzeas cheias de coqueiros, grama e onde corria o rio de mesmo nome. Parada obrigatória via sentido sertão e Recife para os turistas de plantão. Visite e fiquei encantado.

A caminhada é retomada e o filho de Deus aproveita a quietude do local para analisar melhor a situação, fazendo planos para o seu futuro e de sua série renomada. Estávamos na sétima aventura ainda não definida, mas que prometia muitas emoções. Quem é como Deus? A sua proteção garantia o sucesso dos eleitos a cada passo dado.

Alguns minutos mais tarde, os três quartos do percurso são completados e isto o faz muito mais feliz. Como das outras vezes, a pressão dos espíritos da montanha acontece apesar de sua experiência valorosa na vida. As vozes sugerem que ele desista enquanto há tempo, mas isto não o incomoda. Não há ninguém maior do que Deus e tinha certeza por ser filho de seu amor e compreensão. Nada nem ninguém podia pará-lo naquele instante.

Com esta disposição, conclui o restante do percurso atingindo o ponto máximo da montanha. Logo que chega, depara-se com a guardiã, mais sorridente do que nunca. Há quanto tempo! Eles não perdem tempo e correm em direção um do outro com o encontro completando-se num longo abraço.

"Meu Deus! Que bom que veio! Já estava com saudades do mais querido filho de coração da minha vida. O que lhe traz aqui? "Diz a ansiosa guardiã num espasmo.

"Eu também estava com bastante saudades. Vim encontrá-los para uma conversa e posterior decisão. Vê a mala? Estou de férias e pronto para embarcar em uma nova aventura.

"Que bom! Previ intimamente que isso aconteceria. Afinal, já fazem longos três meses que não apareces. Como está sua família?"

"Bem e a sua?"

"Na paz. Eu estava na minha caminhada matinal. Como vejo que tem pressa, vamos a minha casa encontrar meu filho para que vejamos as possibilidades. A série não pode parar!"

"Isto é uma boa ideia. Vamos!

Reinício de caminhada

Sem mais uma palavra, os dois começam a caminhar sobre o topo acolhedor da misteriosa serra. Havia algo ali, nas palavras da guardiã. Ela não dava ponto sem nó e o fato dela prontamente sugerir a ida à sua casa era algo realmente surpreendente pelo fato da não oposição. O que estava por vir?

Percorrendo a trilha de maneira circular nossos honoráveis personagens aproveitam o tempo que estão juntos para admirar a bela paisagem, conversar um pouco e simplesmente sentir a presença um do outro. O novo encontro remetia a um passado recente aonde aquele querido jovem chegara com bastante esforço ao topo máximo da serra. Com a ajuda daquela estranha senhora, realizara desafios que o credenciaram a entrar na gruta mais perigosa do mundo. Driblando armadilhas e avançando cenários, ele terminou por chegar à câmara secreta onde se realizou um grande milagre. Tornara-se o vidente, um ser onisciente através de suas visões. Em cada progresso alcançado ao longo de sua carreira, ele sabia reconhecer o sinal da guardiã e era grato por isso. Sem dúvidas ela já tinha um lugar cativo em seu coração e também nos dos leitores admiradores de sua série.

A troca de olhares entre os dois mostrava uma grande cumplicidade e confiança. Eles tinham o mesmo objetivo: A conquista do mundo. O fato deste sonho ter grandes obstáculos não os desanimava. Ao contrário, lhes davam mais força para prosseguir seguindo. Esta positividade era fundamental para o sucesso deles. Ali, estavam o espírito da montanha e o espírito de Deus numa grande comunhão. Absolutamente nada seria impossível em sua união.

Na metade do caminho, a guardiã para e faz sinal para que Divino fizesse o mesmo. Ela então toma a palavra:

"Devo alertá-lo que seu caminho é sem volta. Já estamos na sétima aventura e a partir daí só podes parar em caso de morte. Tem certeza de sua decisão?

"Ainda tem dúvidas? Você sabe que eu arriscaria tudo pelo meu sonho. Eu não me importo com o que pensam os outros ou com o perigo, eu quero é realizar-me junto ao meu público. Faço isso pelo meu pai e por todos que me admiram. Vamos juntos em mais uma etapa!

"Está bem. Saiba que esta etapa pode ser a mais desafiadora de todos. Há algo no cosmo que não está bem. Ela reclama a presença do filho de Deus para um ajuste de contas. Use todo o conhecimento que tem e a fé em seu pai glorioso.

"Pode adiantar algo em relação a isso?

"Calma. Cada coisa por sua vez. Continuemos a caminhada.

A guardiã calou-se e os dois voltaram a caminhar. O ar de mistério que se instalou aguçou ainda mais a curiosidade do filho de Deus. O que aconteceria? O que o esperava? Que etapas teria que cumprir para a solução de mais uma empreitada? A ansiedade era normal diante dum espaço vazio e escuro. Restava ao mesmo permanecer com a mesma garra e determinação com o qual subiu a íngreme montanha.

Com este sentido, os dois continuam no percurso fazendo outra parada para se hidratarem e comerem algumas frutas silvestres. A mestra lhe dá mais algumas orientações sobre o caminho e a etapa atual. Com tudo entendido, eles voltam a caminhar mais tranquilos, felizes e convictos do que queria. Internamente, o vidente sentia-se muito bem e pronto para galgar posições ainda maiores. A corrida pela sua série maravilhosa, as responsabilidades e os desafios diários só acrescentavam e enriqueciam sua bagagem como ser humano e como representante do bem. Ele sabia haver algo a mais para conquistar e em busca disso ele estava ali, naquele momento, preparado para agir. Com um pouco mais de esforço, eles concluem o percurso. Diante da casa simples, eles reconhecem-se e dão mais alguns passos em direção à pequena porta de entrada e saída. Ao entrar, qual não foi a surpresa ao já encontrar seus velhos companheiros de aventura. Agora, a equipe da série o vidente estava completo. Eles cumprimentam-se com abraços e começam a comunicar-se entre si.

"Renato, Uriel e Rafael, que bom vê-los. Como sabiam que eu viria para cá? (O vidente)

"Sou um Arcanjo, esqueceu? (Rafael)

"Sou teu protetor, esqueceu? (Uriel)

"Sou teu amigo e minha mãe é a guardiã, esqueceu? (Renato)

"Como eu poderia esquecer? Vocês estão comigo desde o início da série e são fenomenais. Prontos para uma nova aventura?

"Sim. (Todos)

"Pronto, meninos. Cumpri minha obrigação trazendo o sonhador até aqui. Agora é convosco. Também já fiz vossas malas. Sintam-se à vontade. (Guardiã)

"Obrigado. Vamos à luta? No caminho, explicou a vocês. (propôs Rafael)

Os outros integrantes acenam gestualmente concordando. Agarram suas malas, despedem-se, saem da casa e pegam a trilha sentindo norte. Uma nova história começava neste instante.

A viagem

O recomeço da caminhada trouxe novas perspectivas para o vidente e seus amigos. Exceto Rafael e Uriel, eles não sabiam exatamente do que se tratava a fase atual. Isto lhes colocavam em alerta, expectantes quanto aos próximos acontecimentos. Isto era absolutamente normal mesmo que já tivessem bastante experiência. Em cada uma das aventuras, novos conhecimentos eram adquiridos e era em busca disso que eles estavam.

A região norte, como as outras, estava bastante devastada por conta do sofrimento duma guerra colossal. Crovos nunca mais foi o mesmo após este acontecimento. Encontrar os detalhes deste episódio era o foco principal daquele grupo. Avançando por conta disso, eles sentem-se cansados e então é promovida uma parada. Depois de um começo silencioso, o arcanjo principal aproveita o intervalo da primeira parada para esclarecer algumas coisas.

"Meus queridos amigos, estamos próximos de dar continuidade em nossa viagem aos tempos remotos. Começamos pelo planeta kalenquer e descobrimos um pouco da história da guerra dos anjos revelada num sonho para vocês. Agora, o objetivo é descobrir o que aconteceu depois disso.

"Que massa! Eu me lembro bem deste sonho. Foi trágica a guerra entre os anjos. O universo quase sucumbiu por completo. (Renato)

"Sei bem disto. Eu estava lá, em espírito. Salvei o universo inteiro com minha própria vida. (Divino)

"Então? Não tem curiosidade sobre o depois? (Rafael)

"Muita. (Aldivan)

"Também. (Renato)

"O sonho de vocês acabou no **"buraco negro"**, para onde os anjos maus foram sugados. Vamos acompanhá-los a partir de agora em direção ao futuro. (Uriel)

"Meu Deus! O que acontecerá agora? (Renato)

"Não tem com quem se preocupar. Estaremos com vós. Lembre-se que foi Javé quem criou tudo e a todos. (Tranquilizou Rafael)

"Se você diz, eu confio. (Renato)

"Enfrentaremos mais um grande desafio. Nem nas melhores hipóteses pensei nisso. O guardião estava certa ao comentar sobre o perigo da jornada atual. Onde pararemos? Suponho que nem o céu será o limite para nós. (O vidente)

"Isto é apenas o começo, Divino. Como filho de Deus, há de impressionar ainda mais o mundo literário. Espere e verá. Lembre-se sempre que estaremos contigo em todos os momentos. (Rafael)

"Assim seja. Obrigado a vocês todos. (Pequeno sonhador)

"Continuemos. O mundo e o imaginável nos espera. (Uriel)

A palavra final de Uriel alertou-lhes sobre o passar do tempo. O objetivo final ficava a bilhões de anos-luz de distância na primeira galáxia criada denominada de etérea. Não poderiam esperar mais.

Rafael e Uriel pegam os humanos no colo e numa velocidade Ultra sônica alçam voo em direção ao espaço desconhecido. À medida que vão avançando no cosmo eles aumentam a velocidade com intuito de superarem a força da gravidade dos Buracos negros existentes. O momento requer agilidade, velocidade e sabedoria para que pudessem superar o maior desafio até agora.

Mesmo estando tão veloz, os humanos impressionam-se com a maravilha que é a paisagem celeste: planetas, cometas. sóis, quasares, asteroides, meteoroides, estrelas diversas, buracos negros, o espaço vazio, etc. Tudo é muito grande, lindo e incompreensível para eles. O universo é infinito em ambas as dimensões, a transformação e criação é um processo contínuo. Esta experiência incrível demonstra o quão pequeno é o ser humano, menor que um pequeno ponto no universo. Em contrapartida, devido a um destes pequeninos, Deus dignara-se a revelar os segredos mais escondidos para que assim os outros pudessem proclamar sua glória. Eis o mistério da vida, de Deus e do universo nas mãos de um só homem, Aldivan Torres. Ciente da sua responsabilidade, o filho de Deus permanece sério diante da conjuntura atual. Era necessário ponderar todas as possibilidades para que não caísse em um lago fundo como já acontecera. As experiências ruins acrescentaram bastante no seu modo de observar o mundo. Este fato o fazia quase invulnerável.

Por um tempo que não souberam mensurar, nossos amigos percorreram o universo de ponta a ponta e ao chegar ao início, no extremo, depararam-se com o maior buraco negro existente em todas as dimensões, aquele que sugara o Arcanjo Lúcifer e seus seguidores. Aproximando-se cada vez mais, os corpos dos nossos personagens entram em choque com o ambiente gravitacional tão intenso.

Num instante, a gravidade puxa seus corpos completamente e ao adentrarem neste astro fantástico era como se ultrapassassem várias dimensões ao mesmo tempo. Do lado direito, luzes azuis e brancas chocam-se entre si e, do lado esquerdo, fagulhas azuis e pretas colorem o ambiente. Estar num buraco negro é parecido com a sensação de estar dentro dum liquidificador em plena ebulição. Ali, naquele local, estavam guardados todos os segredos da origem do universo e em cada pedaço daquele enorme espaço tinha uma porta dimensional para outro universo. A equipe da série o vidente caía velozmente no buraco com os anjos esforçando-se em proteger os humanos. Parecia que o buraco não tinha fim nem começo ou meio, estariam perdidos para sempre? Quem os salvaria? A agonia era tanta que nem conseguiam fixar os pensamentos.

Em dado momento, ocorre uma explosão interna severa e cheios de medo nossos amigos gritam. Aparece um orifício no centro e que tem um poder gravitacional ainda maior. Inevitavelmente, os corpos e almas deles são sugados e ao atravessar o elo entre os mundos algo fantástico acontece. Eles encontram-se do outro lado da existência.

O mundo em que eles caem amparados pelos braços fortes dos anjos tem aspectos parecidos com à terra e com Kalenquer. A diferença é que imediatamente notam a devastação de seus recursos. O que teria acontecido ali de tão grave? Sem respostas, eles sentam um pouco organizando uma reunião rápida. Rafael novamente pronuncia-se:

"Este planeta chama-se Crovos e foi para onde os Arcanjos negros pararam após sua expulsão de Kalenquer. O resultado está diante dos vossos olhos. O objetivo é agora o encontrar o último remanescente da população local.

"Meu Deus! Que Desgraça! Por que Deus permitiu isto? (Renato)

"Não blasfemes, Renato. Deus não tem nada a ver com isso. Simplesmente a punição dada aos rebeldes ocasionou este fato. Digamos que foi o destino. (Uriel)

"Destino, eu não o entendo. (Renato)

"Não perca tempo em entender. Devemos apenas aceitá-lo tudo nesta vida tem um porquê e se estamos aqui é porque algo a ser feito, não é companheiro Rafael? (O vidente).

"Exatamente. A resposta e os desafios encontram-se num lugar além do horizonte. Trata-se de uma oportunidade de resgatar a nossa própria história escondida no véu do tempo. Eu e Uriel estamos aqui para aprender também. (Rafael)

"Isto. Não há ninguém tão grande que não possa aprender. Estamos no mesmo barco. (Uriel)

"Vamos indo. O tempo urge. (Arrematou Rafael)

O primeiro contato

A fala de Rafael encerrou com qualquer pretensão de solucionar dúvidas dos humanos presentes. Não era o momento adequado para isso. Tinham que se contentar com as poucas informações adquiridas. Cabia a eles buscar o estranho e misterioso ser que habitava naquele planeta quase deserto. Havia algo interiormente o qual dizia que se tratava de alguém espetacular, alguém para ser lembrado durante a existência inteira.

As vias de acesso do planeta apresentavam bastantes dificuldades de locomoção por serem terrenos com imensas crateras por toda a parte. Nas partes intransitáveis, os anjos davam uma força aos humanos e lhes ajudavam a atravessar. Sem eles, a aventura tornar-se-ia impossível.

O momento requeria fé, disposição, empenho, paciência e inteligência, pois estavam num buraco no meio do nada procurando por uma pista longe do alcance. Não havia dúvida de que este era o maior desafio de todos até o momento.

O tempo passa rápido e nossos amigos perdem a conta de quantas horas perdem transitando de um lado para outro. No momento em que já pensavam em desistir eis que surge uma pequena edificação ao alcance da vista. Eles não demoram a dirigir-se para lá com o intuito de descansar e conseguir algo para comer.

No percurso restante, conversam entre si, trocando informações. Será que estavam na pista certa? O momento de descobrir aproximava-se cada vez mais. Enquanto esperavam, brincam, distraem-se com o ambiente, imaginam muitas coisas das quais ainda não tem conhecimento. Só o fato de estarem ali fazia todo o sentido para eles, a aventura certa no momento certo para cada um deles. Com palavra de motivação, eles continuam andando chegando, cerca de vinte minutos depois, em frente à residência nada parecida com as construções humanas. Era um edifício quadrado, alto e largo na mesma proporção, uns três metros de medida de ambos os lados. Ao fundo, um pequeno pomar com árvores frutíferas, uma raridade nas condições do planeta. Do lado esquerdo e direito, serras feitas de um minério escuro e em frente um abismo sem fim já ultrapassado pelos nossos colegas.

Eles não perdem tempo e em conjunto batem na porta de entrada da casa. Na terceira tentativa, escutam um barulho e ficam à espera do que iriam encontrar. A ansiedade e o nervosismo eram intensos e só se acalmariam quando tudo estivesse resolvido.

A porta abre-se do lado de dentro, surge uma criatura com aspecto parecido com os humanos: Cabeça, membros e postura. No rosto apresentava cicatrizes profundas oriundas do passado. Seu olhar era profundo e concentrado. Suas vestes eram limpas, de cor branca e suntuosas. No braço direito, tinha uma marca conhecida em forma de cruz. Nossos amigos quase caem no chão de susto. Diante deles estava um descendente da família divina.

"Enfim chegaram. Os arcanjos do pai celestial e meus primos distantes. Eu estava esperando-lhes há doze bilhões de anos. Eu me chamo Ventur Okter, o sobrevivente. Sei exatamente o que vieram fazer aqui. Minha resposta é sim, eu posso treiná-los para que possam descobrir "**o buraco negro**".

"Eu me chamo Aldivan Torres, mas também sou conhecido como vidente e Divino. Eis que sou seu teu discípulo a partir de agora.

"Sou Renato, companheiro inseparável de aventuras do Divino. Juntos somos o pilar da série "O vidente".

"Sim, eu compreendo. Estão de parabéns. Bem vindos, amigos. (Ventur)

"Eu vos trouxe os humanos como prometi. Obrigado pela recepção e pela disposição em ensinar. Se repassares pelo menos um terço do que sabes será bem construtivo para nós. (Rafael)

"Ajudarei da melhor forma para que possam por si descobrir o fio da história. É uma honra para mim. (Ventur)

"A recíproca também é verdadeira. Já tem um plano? (Uriel)

"Sim, está tudo certo. Mas entrem. Eu preparei uma sopa deliciosa feita de pedaços de Cajamar, uma ave típica deste planeta. Estejam à vontade. (Ventur)

"Vamos, pessoal. (ordenou Rafael)

Os cinco adentram na morada. Como nas moradias humanas, o primeiro ambiente é um tipo de sala com móveis, uma lareira, quadros com pinturas e assentos milimetricamente trabalhados junto ao piso. Enquanto observam aquela maravilha de arquitetura, eles acomodam-se e o anfitrião vai buscar na cozinha o alimento. Na volta, eles são servidos e um segundo contato é feito entre eles com objetivo de conhecerem-se melhor.

"Vamos aproveitar este momento maravilhoso para nos conhecer melhor. Fiquem à vontade para falar um pouco de vós. (Ventur)

"Eu sou Rafael, arcanjo do reino dos céus que tem como missão atual acompanhar estes humanos tão queridos pelo pai. O motivo de todo este aparato é a importância da missão de cada um deles.

"Eu sou Uriel Ikiriri, anjo especialmente designado para proteção do filho de Deus. Fui criado para ele desde o princípio. Juntos, somos a força mais importante do universo, algo que veio transformam em definitivo os mundos.

"Eu sou Renato, filho adotivo do espírito da montanha do Ororubá. Desde o princípio estou com Divino e agora pouco soube que nossa ligação vem da origem do cosmo. Está explicado porque nos damos tão bem.

"Eu sou o filho de Deus, alguém enviado pelas forças do bem para salvar a humanidade pecadora. Através da literatura, pretendo alcançar um bom público leitor. Quero encantar e conquistar o coração de cada pessoa.

"Eu sou Ventur Okter, descendente divino direto de Jesus neste planeta. Num tempo longínquo, algo muito grave aconteceu aqui. O que restou está diante de vós. Sinto-me melhor e mais feliz com a presença vossa nesse momento.

"Qual seu objetivo? (O vidente)

"Desde sempre espero por este momento, o dia em que conheci o verdadeiro filho de Deus, o filho espiritual. Minha sabedoria é tão extensa quanto este universo e isto acontece porque sou experiente. Conviver contigo e ensiná-lo será a minha oportunidade para retribuir a meu pai. Sabe, sinto tantas saudades dele. E qual é o vosso? (Ventur Okter)

"Viver este momento, aprender, buscar novos horizontes e ser feliz com minha arte. Faço tudo pela minha família, amigos, colegas de trabalho, admiradores do meu trabalho e seguidores. (Divino)

"Minha meta é terminar a faculdade, arrumar um emprego, continuar ativo nesta série literária maravilhosa, casar, ajudar meu parceiro em todos os momentos e ser feliz. Estou muito feliz por este momento maravilhoso num planeta devastado e por ter a oportunidade de conhecer a descendência de cristo. (Renato)

"Estamos num ponto de divisão de nossas vidas. É bem provável de sairmos completamente transformados desta experiência. Mesmo eu, que sou um arcanjo, terei algo a evoluir. (Rafael)

"Para vocês que não sabem, Ventur Okter é o detentor dos treze selos divinos. Estes selos conferem ao dono a perfeição, o conhecimento e a felicidade. A fim de **entender "O buraco negro"**, precisaremos de cada um destes atributos. (Informou Uriel)

"Sim, é verdade. Estou plenamente pronto para repassar esta dádiva. (Ventur)

"O que é exatamente **"O buraco negro"**? (O vidente)

"**É um ponto para onde tudo converge e se transforma. São espaços dimensionais existentes nas dimensões visíveis que ligam a uma força maior, capaz de realizar milagres, curas e libertação. É o conhecimento puro sobre o infinito e em relação a Deus. É um estágio tão avançado que nem sequer os arcanjos conseguem alcançar, somente os filhos de Deus. (explicou Ventur)**

"Incrível. Eu já tinha ouvido falar de algo, mas não tão profundo. Quando começamos? (O filho de Deus)

"Amanhã mesmo. Aproveitemos o restante do dia para descansar um pouco mais. Sabe, faz tempo que não recebo visitas, exatamente há doze bilhões de anos. (Ventur)

"Minha nossa! Muito tempo mesmo! (O vidente)

"Este é o maior exemplo de que a paciência é uma virtude que nunca falha. (Rafael)

"Sei como deve ter sido tedioso. Não se preocupe irmão, ficaremos um tempo aqui. (Renato)

"Obrigado. (Ventur)

"A equipe da série "O vidente "está completa agora. (Uriel)

"Assim seja. (Divino)

Nossos amigos continuaram conversando por mais um tempo. Tudo era muito recente e eles não tiveram tempo para pensar no caso em detalhes. A certeza que tinham eram que mergulhariam de corpo numa aventura que prometia. Uma aventura no espaço, junto a um divino.

Ao concluir o almoço, eles prontificam-se a lavar os pratos, varrer a casa, trocar informações, fazer planos internos, cozinhar, conhecer melhor a casa e os costumes do novo mestre. Cada detalhe era importante para aqueles que almejavam a compreensão dum desafio tão complexo. Mais tarde, eles jantam e saem para observar a noite junto com o anfitrião. Que mais surpresas viriam?

A noite e as histórias de Crovos

Semelhantemente a terra, do quintal do nosso novo amigo podia-se ver toda a imensidão do espaço. Nossos queridos personagens espraiam-se do lado de fora observando esta maravilha da natureza. Num instante de silêncio, são capazes de entender a grandeza e a perfeição de Deus. Era muito bom estar ali, junto a dois seres divinos capazes de mudar o tempo o espaço. Sem dúvidas, o desafio do buraco negro poderia ser encarado de igual para igual.

Ciente disso, Ventur entra em contato com os demais.

"Diante de vós está a esfera onde tudo começou. Podem até não se lembrar, mas segundo pesquisei no início estavam Deus pai, Deus filhos e Deus espírito santo. A partir daí, foram criados os universos pelo poder de sua palavra.

"Eu não estive no começo. Quando fui criado Javé Deus e seus filhos já existiam. Pela glória, poder e sabedoria aprendemos a respeitá-los e adorá-los. Porém, nunca tivemos uma explicação plausível sobre como tudo começou- respondeu ofegante e desapontado o Arcanjo Rafael mexendo nos botões em sua camiseta de seda.

"Este mistério é muito grande para sua mente. Por isto Javé Deus não se dignou a explicar. Para vós, basta ter em mente o amor e a complacência do divino. O que posso dizer é que Deus é o início, meio e fim de todas as coisas" Disse Ventur com autoridade e superioridade.

"Verdade. A ele toda honra, glória e adoração sempre. (Rafael)

"Assim seja. (Ventur)

"Eu sou um simples crente humano. Como Javé vê os jovens de hoje? (Renato)

"Os desafios são muito grandes pois há uma depreciação religiosa em todas as esferas. À medida que as comunidades avançam, esquecem-se de sua filiação divina e tornam-se autossuficientes. É o que acontece em grande escala na terra. Tente fazer sua parte, Renato. Deus julga cada um de forma individual. (Aconselhou Ventur)

"Obrigado. Eu o farei. (Afirmou Renato)

"Irmão, quão grande é tua sabedoria. Alguma vez já teve dúvidas? (Aldivan)

"O fato de eu ser descendente de cristo neste plano não me faz invulnerável. Eu sou como vós, cheio de dúvidas e inconstâncias. A diferença é que estou só e tenho tempo suficiente para dedicar-me exclusivamente ao meu pai. (Explicou Ventur)

"Entendi. Carregamos fraquezas e ao mesmo tempo somos superiores por nossa bondade, fé, inteligência e dedicação à nossa missão. Por isto é que somos "Os filhos de Deus". (Vidente)

"Exato. (Ventur)

"Nesses doze bilhões de anos depois da guerra, que histórias ou fatos marcaram sua vida? (Indagou Uriel Ikiriri)

"Muitas. Sofro só de pensar nelas. (Ventur)

"Gostaria de compartilhar? (Uriel)

"Sim. Estou aqui para isto. (Ventur)

Uma pausa seguiu-se. O descendente de cristo era um homem sério, misterioso e às vezes indecifrável. Que segredos terríveis poderiam guardar? Ninguém tinha a mínima ideia e por conseguinte a expectativa era grande. A boa nova é que o pouco tempo que conviveram já tinha sido suficiente para que ele pudesse entregar um pouco de sua confiança. Esta era a primeira vitória de nossa turma intrépida.

Alguns segundos depois, ele já parece estar pronto.

"A guerra de Crovos foi a segunda maior guerra conhecida em toda a história do universo que conhecemos. Após seu final, sobraram eu e uma militante de Crovos. O nome dela era Kessy e apaixonei-me quase que imediatamente por sua doçura e meiguice. Juntamo-nos e reconstruímos o palácio real. Em dois anos, já tínhamos dois filhos e éramos uma família perfeita e feliz. Nós éramos a esperança deste mundo para que a vida prosseguisse. Pena que tudo não passou de uma ilusão. Certo dia, quando os deixei sozinhos em viagem a outro planeta, uma chuva de meteoros intensa atingiu o palácio ceifando-lhes a vida. Ao voltar de viagem, tive uma imensa frustração e quase me rebelei. Entretanto, a seiva divina que percorre meu peito não permitiu e me conformei. Tem coisas que estão além de nossa vontade e não podemos atribuir ao meu pai. Este caso foi o típico exemplo do imponderável.

"Sinto muito. Também já senti grandes dores. (Divino)

"Foi realmente uma pena! (Renato)

"Isto demonstra sua grandeza e boa percepção. Que bom que está conosco agora. (Uriel)

"Phillipe Andrews foi um humano que também sentiu uma dor parecida, perdendo toda sua família num acidente. Juntos, aprendemos que Deus não tem nada a ver com isso. Foi exatamente o que vós relatastes agora. (Rafael)

"Sim, ainda bem que compreendi isto a tempo. Obrigado a todos pelas palavras. (Ventur)

"Por nada. Pelo pouco que conhecemos de ti, você revelou-se um amigo compreensivo e dedicado. Que bom aprender contigo. (Aldivan)

"Vocês também. É uma grande honra. (Ventur)

"Há algo importante a relatar sobre a trajetória de Crovos? (Sugeriu Uriel)

"Vós tocastes no ponto certo. Há um tempo, o planeta foi alvo de criminosos universais vindo de outra esfera. O objetivo era tomar o planeta e fazê-lo ponto estratégico de domínio. Tive que invocar a meu pai e seus anjos para que fossem expulsos em definitivo. Quem é como Deus? Tolo é aquele que anseia dominar qualquer coisa pois a soberania, a honra, a adoração e a glória pertencem unicamente ao senhor. (Ventur)

"Isto é uma lição de vida para nós e para o mundo inteiro. (Uriel)

"Quem por Javé? (Rafael)

"Nós todos! (os outros)

A noite seguiu-se com mais conversas, brincadeiras, observação dos astros e entretenimento. A cada instante que se passava, aumentava a empatia entre os companheiros da aventura atual. Aquele grupo estava predestinado ao sucesso pela sua idoneidade, fortaleza, dedicação, esperança e fé. Especificamente o filho de Deus, encontrava-se tranquilo e confiante em seus objetivos. Tudo poderia acontecer, mas sua crença em Deus era maior do que qualquer coisa.

Ao fim da noite, os amigos decidem recolher-se nos locais designados para isso. Descansar era tudo o que queriam após uma viagem exaustiva ao longo do espaço. Provavelmente, o outro dia traria mais novidades e surpresas.

Temor de Deus

Amanhece. O vento é sul, o sol é quente aliviado por uma brisa fina e reconfortante que invadem os quartos através das brechas na parede e no oitão. Logo cedinho, nossos mais queridos personagens levantam e preparam-se para um dia corrido em Crovos. Eles tomam banho, voltam aos quartos e vestem roupas limpas. Por fim, dirigem-se ao ambiente de refeição.

Prestativo e gentil, o anfitrião já cozinhava desde cedo para suprir a necessidade de seus convidados. Ao chegarem, tudo estava posto na mesa e organizado. Só teriam o trabalho de sentar e servir-se e é o que fazem. A comida era um ensopado de cravedel, um tipo de animal silvestre. A fome deles era tão grande que nem se dão ao trabalho de perguntar sobre isso.

"Estão gostando do meu tempero? (Ventur)

"Uma Delícia. Nunca provei nada igual. (O vidente)

"Sinceramente, gosto mais de sua comida do que da minha mãe adotiva. (Renato)

"Como sabes, não precisamos de comida exatamente, mas se os humanos dizem, eu assino embaixo. (Rafael)

"Nosso alimento é espiritual, a cada ato bom Deus nos alimenta. (Informou Uriel)

"Compreendo. Mesmo assim, comer não lhes fará nenhum mal. (Ventur)

"Sim, a refeição é um tipo de ritual e sempre fazemos questão de fazer parte. Isto aumenta o entrosamento do grupo o qual é muito importante para a missão. (Rafael)

"Parece galinha. Temos aves por aqui? (indagou Renato)

"Mais ou menos. Cravedel é digamos um parente das aves humanas. A fauna e flora daqui é restrita e por isto temos poucas opções. (Ventur)

"Mesmo assim está ótimo. (Renato)

"Obrigado. (Ventur)

"Quando o desafio começará? (O filho de Deus)

"Assim quando acabarmos de comer, cuidaremos disso. Serão treze etapas no total representando os selos divinos. Se obtiveres sucesso em todos, o mistério oculto enfim será desvendado. (Ventur)

"Que requisitos são necessários?

"Confiem em mim e em si mesmo. Você já é suficientemente preparado para enfrentar cada um dos obstáculos. Eu serei, como diz a velha guardiã, a seta que aponta para a realização. Tenha fé! (Ventur)

"Assim seja. Estou confiante pois sei que ao meu lado tenho dois arcanjos poderosos, um amigo, um irmão e um Deus. Do que preciso mais?

"Absolutamente nada. (Ventur)

Terminam de comer a refeição da manhã, comem frutas de sobremesa, reúnem-se e decidem sair um pouco. Atravessando os quartos, o corredor e a sala principal, eles têm acesso ao ambiente externo. Seguindo o rumo do mestre, eles vão em direção à floresta ao fundo. O momento requeria convicções intensas e profundas por parte deles devido o desafio da própria vida. Que perigos o destino escondia?

Ainda cheio de dúvidas, eles percorrem o espaço de quinhentos metros com rapidez, leveza e graça. O nervosismo crescia cada vez mais, sufocando os lados direito e esquerdo do peito deles. Restava apenas avançar e conferir o que lhes esperava. Ao avançar na floresta negra, a sensação que tinham é que estavam sendo observados. Esta mania de perseguição era comum em quem adentrava naquele território bendito e maldito ao mesmo tempo. Mas eles buscavam algo a mais.

Ao ficar entre duas árvores gigantes, o mestre faz menção para que parem no qual é prontamente obedecido. Imediatamente, ele toma a palavra:

"Como poderiam descrever este cenário?

"Pomares, mata virgem, imponência, mistério e medo. (O vidente)

"Grandeza, arrogância, orgulho e autossuficiência. (Renato)

"Natureza, vida, esperança, recolhimento e fé. (Rafael)

"Desafio, investigação, pequenez, insondabilidade. (Uriel)

"Que bom. Escutei muitas verdades, mas a maior delas não está ao nosso alcance. Eu coloco como exemplo a vossa viagem no espaço. Certamente vós tiverdes a oportunidade de conhecer um pouco da maravilha que é o universo, o qual é infinito em ambas as direções. Tudo é muito incrível, a exemplo dos buracos negros que são gigantes colossais sugadores de energia. Já pararam para pensar em tudo isso? Se vós ficais maravilhado com a criação imagina com quem fez elas? Saibam que não pode haver comparação entre as duas coisas. Então a primeira grande verdade é o temor de Deus, necessário para colocar as coisas em seus devidos lugares. Reconheçamos nosso pecado e pequenez e deixemos o espírito santo agir. Tudo é permitido ao homem desde que este desejo esteja afinado com a vontade divina que deve ser sempre soberana a respeitada. Coloquem isso em vossas cabeças. Esta é a lição de hoje. Voltemos para casa. Pretendo ainda trabalhar e me preparar para amanhã.

"Está bem. Obrigado por tudo. (O vidente)

"Muito esclarecedor. (Renato)

"Isto reforça o que foi dito aos anjos: "Que vosso poder e glória não seja causa de soberba, pois muitos já se perderam desta forma." (Uriel)

"Sim, somos apenas servos e é bem claro isso. Voltemos como disse o mestre. (Rafael)

O pedido mútuo de Rafael e do mestre foram acatados pelos outros e eles trataram de começar a caminhada de volta. Este pequeno exemplo apresentado reforçou a crença num filho de Deus totalmente experimentado. Valeria a pena cada segundo ao lado de um ser deste gabarito.

A caminhada curta de volta serve como distração e encantamento para nossos amigos. Tudo ali era especial: A paisagem entrecortada de serras, os abismos, a floresta Negra, os personagens, o desafio e o mistério de Crovos e o clima instável.

Ao retornar para casa, eles se ocupariam em tarefas domésticas, no trabalho do campo, no planejamento dos próximos passos aproveitando para refletir sobre si mesmos. A viagem demonstrara ter certo sentido a partir de agora. Continuem acompanhando, leitores.

O desafio do poder

O desafio de estar num planeta devastado ao lado do honorável descendente do filho de Deus era realmente temeroso e grandioso. Temeroso por conta dos perigos que porventura as "Forças opostas" poderiam tramar contra eles e grandioso por conta do próprio fim da aventura, "o buraco negro" do qual nada escapava. Porém, nada disso era empecilho pois eles encontravam-se mais dispostos do que nunca. O fato de terem vivido constantes e inconstantes aventuras ao longo do tempo os credenciava ainda mais para a solução do caso atual.

A figura do pequeno sonhador era a prova viva de que nada era impossível para aquela equipe. Reunira as forças opostas, entendera sua noite escura da alma, vivera um flashback passado e presente que revelou bastantes e significativos segredos. Ajudara alguém a entender o sentido da vida e reerguer-se, fizera uma campanha para despertar "O Eu sou" mais interno das pessoas cultivando a tolerância, compreensão, amizade e o amor. Na última oportunidade, voltara a um passado remoto onde foi uma peça fundamental no acontecimento histórico mais importante já visto no universo conhecido. Enfim, em resumo, junto com seus amigos era capaz de enfrentar qualquer coisa e era este pensamento positivo o qual o acompanhava a todo o momento.

Nesta linha de raciocínio ele e seus amigos despertam do seu sono reparador. Para o filho de Javé, não tinha sido nada fácil a noite anterior. Quase não dormira por conta de pesadelos insistentes que o perseguiram a noite toda. Apesar de ser normal, pois vez em quando era acometido por estes ataques referentes à força oposta à sua, não conseguia acostumar-se. Algo dentro dele clamava por reparação e pressentia o perigo que todos corriam naquele fim de mundo.

Sem dizer nada a ninguém, Divino ajuda os outros nas tarefas rotineiras da manhã: O preparo do café-da-manhã, a limpeza do quarto, escolha de roupas e em fila esperam a vez de tomar o banho. Concluída todas estas etapas, fazem a refeição e reúnem-se novamente. O desafio atual não podia esperar mais.

Saindo da casa, eles seguem em frente por um bom tempo num ritmo regular, mas rápido. Durante a trajetória, eles experimentam diversas sensações: Medo do desconhecido, fortaleza, consistência, simplicidade e determinação nas ações, esperança, garra e aventura. Eles tinham consciência da importância do momento, daquilo que podia mudar completamente a vida de todos. Sem exceção, precisavam alavancar suas potencialidades. Ventur Okter, solitário como sempre. Estava experimentando a convivência com algo vivo, pessoas e anjos com visões diversas das suas e isto era realmente enriquecedor. Mais do que ensinar, ele poderia evoluir em todos os sentidos, algo que não acontecia há milênios. Rafael Potester, o poderoso arcanjo de Deus, estava engajado neste caminho tão distinto do conhecimento apesar de saber quase tudo. Das outras vezes, tinha o papel de superprotetor, mas desta feita sua missão ia além disso: Encontrar a si mesmo descobrindo suas fraquezas mais internas. Ele tinha consciência de que mesmo sendo superior, nunca estaria à altura dos filhos de Deus. Uriel Ikiriri, Anjo super especial, estava vivendo um momento intenso de amor para com seu amo e senhor. Como fora criado para ele e por ele, seu único objetivo girava em agradá-los e amá-lo. Isto acontecia por ser ele um anjo da guarda. O "buraco negro" serviria para estreitar ainda mais esta relação. Renato, jovem pobre e também sonhador, vivera todas as aventuras citadas ao lado da pessoa que mais admirava no mundo, com ele aprendera a ser mais humilde e perseverante. Apesar de todos estarem no mesmo barco diante de incógnitas, esperava que seu mestre e senhor fosse a chave solucionadora de tudo aquilo. Independentemente do que acontecesse, estaria ali como um porto seguro, amigo para horas boas e ruins e nem o perigo do "Buraco negro" mudaria isso. Por último, o maior interessado em tudo aquilo, era o próprio filho divino. "Vencer o buraco negro e por consequência desvendar os treze selos seria uma glória mais em sua carreira". Depois disto poderia estar feliz, tranquilo, realizado, determinado e com a angústia por mais aventuras". Sua "série "o vidente", a mais importante da literatura, ganharia um novo capítulo recheado de emoções. Todas as emoções ruins, fracassos e decepções iriam ficar para trás: A perda de entes queridos, dificuldades no trabalho e na carreira, rejeições, falta de tempo para dedicar-se um pouco mais às coisas boas da vida, a própria liberdade colocada às vezes em cheque, a ânsia em ultrapassar obstáculos, a perca dos prazeres e das oportunidades na vida. Contudo, como dito, o passado ficou para trás e não era bom lembrar. Divino e seus companheiros de aventura estavam correndo atrás do seu sonho, algo digno e memorável. Através do cultivo de valores idôneos, tinha totais condições de prosseguir com chances de sucesso. Isto eu tenho certeza é o que os leitores esperam. Com um carinho enorme por todos, as situações poderiam favorecê-lo nas próximas oportunidades. Tenhamos fé.

O Grupo se distancia cada vez mais da edificação que os abrigava. A cada passo dado e a cada centímetro percorrido, aproximam-se mais da meta a qual perseguiam. Até ali estava tudo bem, dentro do esperado. Contudo, surpresas poderiam acontecer a qualquer instante. Por falar em surpresas, um deles tem uma crise intestinal e teve que ser medicado. Este vexame foi compensado pelo amor e compreensão dos seus colegas. Nos momentos difíceis, é que sabemos distinguir os verdadeiros amigos. Após a solução desta crise, eles avançam ainda mais mesmo que estivessem ainda com dúvidas. O final do caminho apontado pelo guia os leva a beira dum abismo tenebroso e é levantado uma questão:

"Que tal jogar-se no abismo, filho de Deus? (Ventur)

"Com que objetivo? (O vidente)

"Experimentar o perigo. Diante da morta certa pode ser que tenha as reflexões certas. (Ventur)

"Bem, eu tenho meu pai poderoso e meus anjos que me guiam a todo o momento. Porém, não tenho necessidade disso. Eu estou ciente do meu valor e das minhas potencialidades. (Replicou Divino)

"Exatamente. Deus não precisa ser testado. (Rafael)

"Se o vidente se jogasse, eu também me jogaria para tentar salvá-lo, mas acho que ele já sabe disso. (Renato)

"Muito obrigado Renato. (O filho de Deus)

"Verdadeiramente, eis que os meus batalharão por mim arriscando até a própria vida. (Divino)

"Brilhante! Eu não esperava menos de você. Isto foi apenas um teste. Por conta do orgulho desmedido, satanás e seus anjos provocaram uma rebelião nos céus e por conta disso foram jogados no Buraco negro. Ao contrário dele, vós sois simples e humilde. Deus há de abençoar grandemente seus trabalhos em todas as esferas. Este é o segundo fruto dos selos.

"Assim seja. Toda minha vida esforcei-me pelos meus objetivos. Quando a meta é nobre, os caminhos são abertos para o sucesso. Entretanto, não sou nada sem vocês, meus companheiros de aventura, leitores, mestres da vida, colegas de trabalho, família e até conhecidos. Todos têm um cantinho especial em meu coração esperançoso e sofrido. (Divino)

"Que bom saber. Nossa missão de hoje está cumprida. Refletiremos, pois, sobre a situação atual no caminho de retorno para casa.

"Certo. Vamos, pessoal? (vidente)

"Sim. (os outros)

Havia um percurso considerável a percorrer no caminho de volta. O exato momento mostrava boas perspectivas para os envolvidos: Tinham passado com facilidade nos dois primeiros testes aprendendo lições importantes. Parecia estar tudo desenhado e marcado na linha do horizonte mental de cada um deles. Isto era um bom motivo para persistir e preparar-se para novas experiências.

Em dado instante, tem que enfrentar animais ferozes e graças a ajuda dos anjos salvam-se. A força de Deus nunca seria derrotada pela força contrária à sua pois o bem era sempre maior. Em inúmeras oportunidades o sonhador da gruta percebera isso: Em sua noite escura da alma, na tentação da carne, diante do medo do desconhecido, na falta de amor das pessoas, nas traições, na inveja sobre seu trabalho, na vitória do amor contra ódio, enfim, em todas as situações em que era exigido um embate.

Deus era realmente um pai para Divino e, mesmo que o mundo não acreditasse em sua palavra, ele sobreviveria, pois, tem a vida e o amor em si mesmo. Confiante em seu pai, nosso ídolo permanece na caminhada com seus amigos. As férias estavam sendo ótimas e aproveitaria os dias restantes para tornar-se um verdadeiro vencedor.

Um pouco depois, eles chegam à morada provisória e descansam um pouco. Após, cuidam de suas responsabilidades com grande disposição. Sem maiores surpresas, o dia findou-se e então eles foram dormir. Permaneçam prestando atenção na narrativa.

Um verdadeiro exemplo

O quarto dia sobre Crovos surgiu com bastante expectativa para nossos queridos personagens heróis. Desta feita, esperavam algo surpreendente e diferente seguindo uma ordem de crescente dificuldade. Enquanto esperam pelo desafio, eles tentam controlar-se nas atividades matinais já citadas em outras oportunidades. Estes exercícios eram realmente saudáveis para o corpo, mente e alma que em conjunto formam o ser humano. Todos se encontravam bastante felizes e esperançosos por novas oportunidades pois o conhecimento adquirido até ali demonstrara ser bastante útil para a rotina dos envolvidos.

Ao terminar esta primeira etapa, eles reúnem-se novamente e como de costume saem a passeio pelo planeta ainda desconhecido. Na rota não se cansam de maravilhar-se com a natureza inacabada, instável, mas bela. Suas matas, serras, abismos e seu céu eram únicos. Isto lhes dá a oportunidade de refletir sobre si mesmo, sobre o desafio e a amada terra distante. Como estariam seus familiares e amigos? Estavam sentindo saudades? Bem, de uma forma ou de outra, esperavam que estivessem em paz.

Um misto de arrependimento, angústia e medo percorre o sangue do descendente divino. Será que estava agindo certo colocando em risco a vida dos humanos e dos anjos? Esquecera de mencionar os reais perigos que corriam ao tentar desvendar os selos de Javé e não atentara para a possibilidade de que fracassem. Bem, agora estava iniciado o processo e não poderia voltar atrás. Era melhor ficar quieto, conclui mentalmente. Num silêncio inquietante ele continua guiando seus discípulos. Passa trinta minutos, depois uma hora e um pouco mais.

Continuando seguindo em frente sentido noroeste, eles alcançam o primeiro portal dimensional do planeta e o mestre faz questão de, neste ponto, explicar:

"Estes portais permitem a entrada em universos paralelos, inclusive o planeta terra. Aqui podemos ver o passado, o presente e o futuro. Alguém com sensibilidade suficiente para avançar?

"Eu! (Prontificou-se o vidente)

"Muito bem. Fique à vontade. (Ventur)

"Certo.

Sem olhar para trás nem para as recomendações de seus amigos, o filho de Deus arriscou e ao chegar mais perto do portal foi sugado imediatamente para dentro, como num túnel do tempo pode ver um pouco de sua própria história.

"Estávamos três familiares e eu no aniversário duma prima que morava perto de nossa residência. A prima Raquele Torres era uma pessoa gentil, educada, inteligente bonita e certamente merecia minha honorável presença. Após a entrega natural dos presentes, a festança começou. Eu e meus irmãos raramente tínhamos oportunidade de visitar os parentes e, quando isto acontecia, ficávamos horas conversando sobre as novidades familiares, sociais, políticas, do mundo todo e nossos segredos também. Ficar em família era algo realmente que não tinha preço.

Na festa tinha de tudo: Música e dança, poetas, muita comida, diversão, brincadeiras e a tradicional paquera entre os jovens convidados de outras famílias. Era realmente maravilhoso distrair-se naquela festa de trinta anos da prima. Ao final da comemoração, como já era tarde, meus irmãos decidiram ficar ali mesmo e eu tinha que voltar para resolver algumas pendências em casa. Eu era um homem realmente ocupado e todos sabiam compreender isto. Portanto, minha despedida foi tida como normal.

Ao sair do local (Um apartamento bem equipado no centro do agreste pernambucano), telefonei para uma moto e esperei. Foram apenas cinco minutos e já montei na moto, informei o destino e saímos em disparada. Enfrentando um trânsito caótico, avançamos nas estradas da cidade, pegamos a pista principal da rodovia e continuamos em frente. Não demorou muito e fomos testemunhas de algo realmente muito triste e chato: Um terrível acidente envolvendo outras duas motos. Imediatamente paramos e fomos prestar socorro assim como outras pessoas. As pessoas envolvidas na batida eram dois jovens rapazes. Um branco, alto e magro e o outro moreno, alto e rechonchudo. Parece que chegamos a tempo, telefonamos para a ambulância e como o moto taxista era enfermeiro prestou os primeiros socorros ali mesmo. Por Deus a ambulância chegou a tempo de levá-los a um hospital onde seriam mais bem atendidos. Pelo menos aparentemente, não corriam riscos de vida pois estavam conscientes e inteiros. Eu e o meu parceiro tínhamos cumprido nossa missão. Bendita a hora que eu tinha resolvido voltar para casa àquela hora da noite. Parece que Deus marcara isto em nossas vidas e nos tornara instrumentos dele.

Continuamos então a viagem e cheguei sem problemas em casa. Neste ponto, tudo gira em volta, algo me suga para dentro de uma porta e do outro lado reencontro meus amigos novamente caindo bem no chão. Eles se aproximam e tentam manter contato.

"E aí? O que sentiu? (Ventur)

"Eu vi algo sobre mim um pouco estranho. Uma festa familiar, uma viagem e um acidente. Porém, não consigo lembrar direito. (Afirmou Divino)

"Entendo. O que você tirou como lição? (Ventur)

"A piedade e misericórdia humana em situações de risco. (Respondeu ele)

"Muito bem. Algum de vocês já vivenciaram algo parecido? (Ventur)

"Quando eu salvei uma humana de uma cidade em chamas. Ela não se contentou em pensar em si mesma e pediu por seus conterrâneos pecadores mesmo que eles não merecessem. Isso me tocou profundamente. (Rafael)

"Comigo aconteceu algo que me tornou impotente. Duas vezes tentei livrar Divino de um perigo, mas fracassei. Foi da vez que ele se queimou e levou uma marrada de uma ovelha. Ainda bem que em nenhuma das ocasiões ele corria perigo fatal. (Uriel)

"Não se preocupe, Uriel. (Divino)

"Agradecido. (Uriel)

"Foi em relação ao meu pai. Como sabem, ele me maltratava muito em diversas ocasiões. A minha mãe era minha válvula de escape ou melhor, meu escudo de defesa. Assim que ela faleceu, fiquei só e nas mãos de um retardado. Minha única opção foi fugir e ser adotado pela guardiã. (Renato)

"Um ótimo ponto que você tocou, o amor de uma mãe. Existe amor maior do que de uma mãe? (Indagou Ventur)

"Sim, o do pai espiritual. (Divino)

"Exato, meu caro. Façam uma comparação: Se vós, pecadores e mortais, podem sentir amor e compaixão pelos outros, imagine o quanto pode sentir Deus que é santo. Sua misericórdia é infinita e não pode ser compreendida por nenhuma mente. Eis a moral da visão que tivestes representando o terceiro selo.

"Isto é uma grande verdade. Eu senti este amor num período difícil da minha vida que denominei de "Noite escura da alma". Enquanto todos me abandonaram, Deus não desistiu de mim e resgatou-me do fundo do poço. Hoje eu sou o que sou devido ao mar de graças derramado por ele em minha vida. Onde quer que eu vá, darei testemunho disso e continuarei cumprindo minha missão para que outros se sintam tocados por essa força. (O filho de Deus)

Neste momento os outros aplaudem o depoimento do pequeno sertanejo deixando-lhe em lágrimas. Ali estava escondida uma história realmente bonita e surpreendente. Quem dera tivessem muitos Divinos no Brasil afora pregando a liberdade, a paz e o bem. Certamente, a humanidade não precisaria de salvação nenhuma pois o que afasta o homem de Deus é o pecado.

Gestualmente, o mestre dá por encerrada a sessão e então eles iniciam o caminho de retorno. A aventura estava se revelando uma ótima oportunidade para descobrir um pouco mais de Deus, uma raridade nos dias de hoje. O que mais viria pela frente?

O improvável

No outro dia, após cumprimento dos deveres habituais, o grupo sai novamente em passeio pela superfície de Crovos. O momento requeria uma atenção especial por parte dos envolvidos devido aos fatores importantes envolvidos. Exemplos destes fatores, eram a ânsia dos leitores em uma resolução e visão da provável história, a preocupação dos familiares e amigos, os compromissos deixados para trás, a própria grandeza do desafio atual, o mistério do buraco negro e a improbabilidade do destino. Eram muitas coisas a considerar e o fracasso numa delas poderia significar o fim do sonho deles.

Escolhendo a trilha sentido norte, eles andam um bom tempo em busca de mais um sinal que os levassem à quebra do quarto selo. Os três anteriores revelaram uma parte do segredo divino e já foi o suficiente para libertar um pouco mais suas almas atribuladas do peso da indecisão. Além disso, compreenderam melhor a vida em suas diversas instâncias. Entretanto, havia ainda muito mais a descobrir e estavam imbuídos da curiosidade suficiente para que os movesse em busca de novos horizontes. E que aventura era aquela! Viajaram pelo espaço, encontraram um descendente de cristo, realizaram desafios diferentes do que já tinham experimentado, tinham promessas de novas conquistas, estavam desvendando um planeta desconhecido envolvido pelo mistério de uma guerra colossal e desafiaram a força do buraco negro. A equipe "O vidente" era mesmo fenomenal.

Neste caminho cheio de conhecimento, afora a solidão, tinham o prazer da companhia dos animais, dos companheiros de aventura, dos elementos naturais e de Deus. A exceção do mestre, não sabiam exatamente o que procuravam e ele procurava manter sigilo absoluto até que chegasse o momento certo. Algum motivo deveria ter.

O sinal da resposta que procuravam é dada um pouco depois após escalarem uma elevação irregular. Encontram outro portal e como da outra vez o mestre entra em contato.

"Aí está, filho de Deus. Pronto para mais um mergulho na história?

"Sim, sempre pronto. Por Deus, por mim mesmo, por minha família e pelos leitores. (vidente)

"Boa sorte, amigo. (Renato)

"Tome cuidado. (Uriel)

"Estaremos em sua proteção espiritual. (Garantiu Rafael)

"Obrigado a todos. (Divino)

Erguendo a cabeça, nosso maior herói dispõe-se a avançar de encontro a mais uma porta dimensional. O que o esperava? Seja o que fosse, ele iria enfrentar com a mesma garra, força, dedicação e fé que subira na montanha e que arriscara numa viagem maluca pelo espaço. Independentemente do que acontecesse, ele já estava de parabéns só pelo fato de persistir num caminho cheio de obstáculos.

Ao aproximar-se mais do novo portal, ele é atraído por sua força gravitacional e num instante é sugado ferozmente em direção ao seu interior. Como por mágica, no intervalo de travessia, ele pode sentir em verdade e entender tudo o que estava acontecendo com ele no momento. Em dado ponto, ele cai num espaço vazio e então numa centelha de fogo uma pequena história revela-se para ele.

"Henrique trevoso é um respeitado homem de negócios da capital paulista. Casado e pai de três filhos, é um exemplo de conduta ilibada em casa, nos negócios e com uma relação intermediária com Deus. Inteligente, ele sempre soube cuidar de sua vida e de seus filhos de forma que alcançasse o sucesso pleno. Porém, como nem tudo está ao alcance do homem, ocorreu que um dos empregados lhe traiu de maneira que um dos seus negócios chegou ir à falência. Inconformado com um déficit no orçamento, irresponsavelmente chegou a culpar até Deus pelo erro do ser humano. Abandonou sua religiosidade, deixou de apreciar a vida e a família tudo por conta de um erro individual que não fora seu. No entanto, permaneceu em sua vida de sempre, viajando e expandindo negócios.

Numa viagem à Europa, teve a revelação daquilo que realmente precisava. Subitamente, o avião em que estava foi perdendo altitude e logo depois no microfone o piloto avisou que iriam cair no mar. Neste instante importante, pensou em Deus, nas pessoas importantes e pediu perdão a todas elas por ter sido injusto. Diante da morte, ele agora sabia valorizar em verdade a vida e é o que muitas pessoas não fazem. A asa do avião estava danificada e não havia salvação para eles. Seria o fim?

O avião cai em alto mar, a cabine é aberta e as pessoas que sabem nadar tentam manter-se na água por um tempo. Henrique era um ótimo nadador e sabia que podia permanecer até por uma hora nas águas frias do oceano atlântico. Era quase noite e a probabilidade que escapassem era quase zero. Estes últimos instantes de vida era uma ótima oportunidade para refletir em sua trajetória por inteiro. Só agora descobrira que errara muitas vezes e esperava que seu flagelo servisse para redimir seus pecados e pudesse por fim salvar sua alma, que era a coisa mais importante que possuía, mas por muito tempo não soubera entender a dimensão disto.

Passam dez, vinte e trinta minutos e o cansaço pesa cada vez mais no corpo. Ao seu lado, pessoas morriam caindo no mar por todo o sempre. Isto lhe dava arrepios em pensar que não demoraria ter o mesmo destino deles. A única coisa que desejava era uma chance para recomeçar sua vida.

Perto do fim, quando estava sucumbindo ao cansaço, viu uma luz aproximando-se e tratou de aguentar um pouco mais. Um pouco depois, viu que se tratava de um navio mercante e ele tinha chegado para resgatar os poucos sobreviventes. Um a um, foram sendo socorridos pelos tripulantes do barco e receberam cuidados médicos. A salvação deste grupo foi o piloto que se comunicou com a estação central antes da queda. Aquele navio era o mais próximo que se encontrava no local e se deslocou imediatamente para o socorro. Que pena que nem todos puderam sobreviver.

Já a salvo no navio, o empresário deu Graças aos céus pela oportunidade que lhe deram. Certamente era um sinal para que ele melhorasse como ser humano em todos os sentidos. Viva Javé e o destino que foram tão bons. Ele voltaria para casa transformado."

A visão termina. Num instante, no espaço vazio, uma nova porta abre-se e é chegada a hora de despedir-se. A aventura não podia parar e o filho de Deus tinha consciência disso. Dirigindo-se à saída, ele pensa no que conquistou até aquele momento: O conhecimento adquirido, a companhia dos colegas de aventura, a ação em si, as emoções sentidas e a dádiva de permanecer vivo. Cada um destes itens era importante na construção de sua personalidade.

Ao entrar no túnel, os pensamentos mudam e concentram-se nas próximas etapas do seu trabalho. Será que continuaria tendo êxito? Esperava que sim e esforçar-se-ia neste sentido. O breve intervalo de tempo em que está naquele espaço dimensional é um momento mágico, em que tudo poderia acontecer. Era necessário o máximo cuidado para não se perder para sempre num local deserto e frio. Ainda bem que já tinha experiência sobre o assunto.

Ao atingir o outro lado, cai novamente no chão e seus amigos disponibilizam-se a socorrê-lo.

"Tudo bem contigo? (Renato)

"Sim, acho que sim. (O vidente)

"Que bom. (Renato)

"Gostou da viagem, Divino? (Rafael)

"É sempre um grande aprendizado participar destes desafios. Adorei. (Divino)

"ótimo. (Rafael)

"Sem que percebas, eu estava ao seu lado o tempo todo, guiando seus passos. (Uriel)

"Eu sei, servo dedicado. Eu aprecio muito sua proteção. (Pequeno sonhador)

"É sempre uma honra. (Uriel)

"Obrigado. (O vidente)

"O que você viu lá? (Ventur)

"Presunção, dedicação, fracasso, morte certa e salvação. O final realmente me surpreendeu. (filho de |Deus)

"Esta é a chave. Deus é tão grande e bom que perdoa nossos pecados e nos momentos difíceis nos socorre mesmo que por vezes sejamos rebeldes. Deus é muito superior a concepção que temos deles e é isso que o distingue. Que mais experiências tiveram neste sentido para relatar? (Ventur)

"Eu tenho para mim que tive sinais de Deus. Realmente, ele nunca me desamparou. A exemplo, minha mãe faleceu, mas em contrapartida ganhei uma mãe de coração que me apoia em todos os sentidos. Também nas batalhas diárias sinto a presença dele. Enfim, por mais que o momento seja difícil, nunca desanimem. (Relatou Renato)

"Sou um Arcanjo poderoso, quase nada me falta. Algo que me marcou foi a ação de Deus na guerra angélica em Kalenquer. Reunindo os elementos certos, o agente divino nos deu a força necessária para lutar por nossos objetivos sem esquecer-se da misericórdia com os outros. Isto demonstra que Deus é tudo de bom e nos alcança através dos seus instrumentos. (Rafael Potester)

"Minha experiência está atrelada a vida de Divino. Deus é realmente misericordioso pois sempre permite quando possível, aliviar as dores do meu protegido. Isto me deixa muito feliz. Todo mundo erra, mas ele sabe compreender. (Uriel)

"Verdade, meu amigo. Eu sou um ser humano que não pode reclamar de Deus. A todo instante, ele retribui todo o meu carinho com o próximo. Em minha noite escura da alma, um período difícil, eu encontrei o mal e a salvação inesperada, semelhantemente a visão que tive. O improvável pode acontecer quando tu entregas teus problemas na mão de Javé. Ele é o Deus do impossível e verdadeiramente nos ama. (Concluiu aldivan)

"Perfeito. Era exatamente a mensagem que eu queria repassar. Por ora, a missão está concluída. Esperemos a próxima. (Ventur Okter)

"Assim seja. Estou muito feliz. Agradeço a paciência de todos. (O vidente)

"Por nada. Voltemos a casa. O tempo é precioso. (Ventur)

"Está certo. Vamos, pessoal? (O vidente)

"Sim. (os outros)

Obedecendo ao comando do mestre, eles começam a fazer o caminho de volta. Com mais uma etapa cumprida, eles estavam mais próximos duma verdade escondida há milênios. Quem viver verá!

No mesmo tempo de ida, eles concluem o percurso restante e vão descansar. Após, trabalho e outras atividades internas ao longo do dia. Ao sentirem-se cansados, vão repousar novamente para só acordarem no outro dia que prometia novas situações. Continuem atentos! A história promete muito.

O ritual

O tempo urgia e havia muito a aprender e a considerar. Ciente disso, o mestre trata logo de ir chamar os seus discípulos que ainda dormiam nos seus quartos naquela calmosa manhã de quarta-feira. Gentilmente, eles os despertam e juntos vão realizar as tarefas matinais. No café-da-manhã, aproveitam para entrosar-se mais e ao final dele reúnem-se ficando decidido que iriam sair imediatamente em busca de respostas. E assim o fazem. Saindo ainda cedo, nossos amigos pegam a direção oeste em passadas lentas, mas regulares. O que os esperava? A cada instante que passava estavam mais próximos de descobrir.

O tempo gastos nas trilhas esburacadas de Crovos serve também como um momento de reflexão e aprendizado interno. No momento, o grupo estava engajado mais do que nunca a procura de desvendar os segredos dos treze selos, chave para o sucesso em relação ao "Buraco negro". O que não sabiam eram que poucos tinham conseguido este feito e provavelmente corriam um sério risco de vida. Bem, não importava. Não havia nenhum grupo ou companhia equiparada a série "O vidente "em relação á valores, astúcia, desprendimento e coragem. Independentemente do que acontecesse, já estavam de parabéns e teriam um lugar garantido no coração meigo dos leitores espalhados pelo Brasil e em todo o mundo.

Ter como inspiração a rotina, o dia a dia, os ensinamentos e a companhia de tão queridos personagens era uma dádiva a ser aproveitada por toda a humanidade. O impossível estava diante dos seus olhos e em resposta tinham um Deus que quebrava todos os estereótipos. Quem é como Deus? Se Deus é por nós quem será contra nós? A escuridão nunca prevaleceria na Vida de Divino e de seus amigos pelo valor que eles tinham como ser humanos. Tudo levava a crer na consolidação dos seus ideais e eles estavam bem próximos disso.

Avançando um pouco mais, eles encontram um caminho ainda mais difícil de percorrer. Entretanto, a força de vontade e a disposição dos nossos amigos revela-se maior. Quinze minutos depois, enfim chegam ao local designado: Um lugar plano, claro, rodeado de vegetação e que parece tranquilo. A mando do mestre, eles sentam em círculos e ele começa a explicar:

"Vou ensinar-lhes o ritual de consagração a mãe terra e ao divino. Ele será útil para que possam ter a visão e assimilar o aprendizado do desafio atual. Vocês devem fazer assim: Deem as mãos, cruzem os braços, façam uma oração particular e silenciosa dirigida às forças do universo, e por fim, fechem os olhos. No momento em que se integrarem completamente terão a resposta referente a este selo.

Os discípulos seguem a instrução do mestre passo a passo. À medida que vão se integrando, uma corrente de energia atravessa seus corpos e produz uma centelha de luz na parte mais íntima dos seus cérebros. Em meio a luz. trevas, fogo, desejo e expectativa, uma visão breve aparece.

"Bryan é um jovem americano de classe média residente no estado de Massachusetts. Ele é uma pessoa gentil, dedicada, trabalhadora e simpática com todos os que o abordam. Entretanto, tem um grave problema genético que o predispõe a ganhar gordura e massa corporal. Em consequência disso, sua vida social não é nada fácil: Em todo lugar que vai é apelidado de gordo e de traste, refletindo a pobreza de espírito das outras pessoas. Isto o deixa muito triste e pesaroso com ideias mórbidas. Já passara por três crises de depressão graves em que estivera internado, mas sem solução. Ele é uma pessoa que não vive bem consigo mesmo.

A situação chegou a tal ponto que Bryan decidiu tirar sua própria vida. Assim como outras minorias, ele se sentia um estranho num mundo cheio de maldade. Preferia assim partir mesmo que esta atitude não fosse a mais correta e tivesse que pagar um preço alto. Enfim, era sua escolha e ninguém poderia impedi-lo.

Ele pegou uma corda. Esticou-a e amarrou-lhe no teto puxando a outra ponta tentando colocar em seu pescoço. No momento em que ia entregar-se, uma força interior gritou dentro de si e impediu-lhe de consumar o ato. O que estava fazendo? Não, não era uma solução desistir de tudo por causa da opinião dos outros. Tinha que ter outra saída. Pensado um pouco, acabou concluindo que era necessária uma mudança de postura. Faria isso não pelo outros, mas por si mesmo. Realizaria uma cirurgia de redução de estômago para o bem da sua própria saúde, estudaria para entrar numa faculdade e buscaria um emprego adequado para jovens de sua idade. Aquilo fora um sinal para que finalmente despertasse para uma nova vida e a causa disso era aquela força estranha que costumamos chamar de Deus, anjo ou força benigna do universo. Seja o que fosse estava dando-lhe uma nova chance e não iria desperdiçar."

A visão termina e todos acordam do transe. Eles levantam e abraçam-se entre si, que história mais inspiradora! Bryan era o exemplo de superação que faltava para que lhes desse ainda mais forças neste caminho de lutas. O mestre retoma o contato:

"Que lições vocês tiram disso?

"Amor, alegria, garra. (O vidente)

"Vitória, determinação, esperança. (Renato)

"Paciência, eu interior, fé. (Uriel)

"Deus, proteção, inversão das coisas. (Rafael)

"Brilhante, amigos. Tudo o que disseram é verdade, a maior lição que podemos tirar deste caso é sempre acreditar em nós mesmos, viver nossa própria vida, nos amar e tentar ser feliz da melhor forma possível. Uma coisa temos certeza: O suicídio é para os fracos, não é solução para nada, acreditemos mais em Deus pai e rezemos para não cair em tentação. Pela vida! (Ventur)

"Por Deus! (O filho de Deus)

"Pela liberdade! (Renato)

"Pelo bem! (Rafael)

"Pela fé! (Uriel)

"Assim seja. Esta é a lição de hoje. Voltemos. (Ventur)

Sem pestanejar, os outros obedecem e voltam a caminhar em sentido de retorno. Mais um selo revelado e a verdade estava mais próxima. A partir de agora, eles ficariam mais atentos para que não caíssem em alguma armadilha pois a probabilidade de serem mais difíceis era bem maior.

Durante o caminho, recebem orientações em relação aos trabalhos do dia e quanto aos próximos passos do treinamento. Era preciso que tudo ficasse perfeito para que obtivessem o êxito. Eles eram bem preparados, mas ninguém sabe que surpresas se escondiam num planeta ainda desconhecido. Sabendo disso, eles obedecem ao mestre e um tempo depois chegam novamente na residência para cumprir as tarefas ao longo do dia. Havia muito a fazer. Avancemos!

Uma história

No dia posterior, mais uma etapa começou. Já estávamos no desafio correspondente ao sexto selo dum total de treze. A cada obstáculo ultrapassado, eles fortaleciam-se e ficavam mais preparados. Esta linha contínua de evolução acontecera em todas as aventuras da série e pelo que se podia ver não tinha um limite definido pois sempre podiam aprender algo construtivo. O vidente já fora discípulo de inúmeros mestres: A guardiã da montanha, o hindu, a rainha do Reino dos Anjos, Angel, os próprios anjos, os seus amigos rejeitados pela sociedade, os mestres da luz e o próprio Deus. Cada um deles era especial e fora um instrumento para que ele pudesse galgar voos mais altos. Absorvera bastante destes encontros memoráveis que ficariam guardados para sempre em sua memória fotográfica de escoteiro. Como sua vida era boa por ter-lhe dado tantas oportunidades. Ficaria grato para sempre.

Com este sentimento, nosso ídolo principal partiu novamente com seus colegas de aventura após a realização das suas obrigações do dia. Já era um pouco tarde quando eles saíram da residência provisória. O que os esperava em mais uma tentativa de encontrar um destino louco? Certamente maiores e inesperadas emoções que encheriam as vistas dos leitores. Continuemos a narração.

Com uma caminhada rápida e vigorosa, nossos amigos começam a percorrer o lado leste além da montanha. Como era um percurso considerável, eles aproveitam para interagir um pouco, brincar, fazer suas necessidades fisiológicas quando necessário, admirar a vista e planejar cuidadosamente os próximos passos. Nada podia dar errado.

Um pouco depois, concluem um terço do percurso e uma primeira parada técnica é organizada. Eles aproveitam este intervalo de tempo para hidratar-se e descansar. Naquele ponto do caminho, eles encontravam-se conscientes da missão e das dificuldades que poderiam enfrentar sendo esta uma etapa intermediária. Algo parecia não estar indo tão bem pois o mestre permanecera calado e sério durante todo o trajeto.

Algumas centenas de metros depois, a grande surpresa: Uma sombra escura e extensa apresenta-se diante deles. Da escuridão, surge o arcanjo negro que avança ferozmente em direção ao grupo. E agora? O que aconteceria?

Rafael e Uriel interceptam o adversário e começa um combate sensacional usando espadas, raios de luz e de trevas, Socos e pontapés. O poderio do Arcanjo negro era grande, mas como era um contra dois, em pouco tempo levou desvantagem. O diabo foi dominado, amarrado e jogado de volta em direção a escuridão. Com um sopro, Rafael a sombra de volta para o Sheol. Que bom! A missão estava salva. O mestre sorri e faz questão de explicar:

"Eu estava triste por conta deste embate. As trevas tiveram a chance através de seu representante principal de nos impedir. Graças a Javé, ele não pode nos fazer mal. Agora, a próxima verdade está perto de ser revelada.

"Glória! Eu não vejo a hora de isto acontecer! (Aldivan)

"Eu também! (Renato)

"Tenhamos fé que nossas expectativas realizar-se-ão. (Rafael)

"Com a minha proteção e a misericórdia de Deus podemos chegar longe. (Uriel)

"Sim, amado Uriel. Continuemos firmes, então. (Ventur)

A caminhada é retomada. Mais animados, nossos heróis avançam nas estradas tortuosas e misteriosas de Crovos. Agora, o caminho está mais definido e mais claro com eles cumprindo dois terços do trajeto total logo em seguida. O fato os deixa mais felizes e mais convictos do que queriam. Rumo ao sucesso!

No Restante do trajeto procuram concentrar seus pensamentos em si mesmo e na aventura atual. A cada metro conquistado, sentiam-se verdadeiros vencedores pela força, dedicação, garra e disponibilidade às causas do bem. A misteriosa força que os acompanha parece invocar a presença deles junto a uma clareira e é para lá que eles se dirigem.

Já no ambiente, são orientados a ficar de frente com o sol de mãos dadas. Assim que ele está se pondo, há um choque imediato, uma escuridão surge em todo o céu e a terra treme. Como num pequeno filme, a pequena história apresenta-se:

"Tudo começou numa rede social da internet. Tom brigger, um homossexual americano conheceu Heitor Lopes, um Brasileiro também homossexual. Logo de início, eles entenderam-se muito bem apesar de ser apenas um contato pela internet, descobrindo muitas coisas em comum. Com o passar do tempo, a troca de mensagens, fotos e bate papo aumentou a ponto de um querer conhecer o outro. Como Tom era mais abastado, ofereceu as passagens para que o Brasileiro pudesse encontrá-lo em seu país. E assim aconteceu. Os dois encontraram-se e o amor que pensavam que sentiam um pelo outro aumentou ainda mais. Não deu outra: Ficaram juntos a partir dali mesmo. Porém, nada era perfeito. A família do norte-americano era da alta classe e não aceitava sua orientação sexual. O parceiro foi apresentado e rejeitado pelos familiares do primeiro. A partir daí, iniciou-se um grande atrito entre eles culminando numa armadilha que fez com que o brasileiro ficasse preso em terras Americanas. O tempo de pena era de quinze anos de prisão por um suposto assalto a mão armada. Na prisão, nosso amigo sofreu horrores por um crime que não cometeu. Tudo fez com que ele, aos poucos, desistisse do amor de Tom e amaldiçoado o dia que o conheceu. Chegou um momento em que ele não aguentou mais esta situação e buscou um meio de fugir dali. A oportunidade surgiu numa rebelião e com a ajuda dos outros conseguiu ficar livre. Ao sair dali ele conseguiu uma condução clandestina de volta ao seu país. Nunca mais seria o mesmo e sim, continuaria acreditando no amor, mas não a ponto de mudar sua vida".

Com a conclusão da visão, os nossos amados personagens voltam do transe e encaram-se uns aos outros. Diante do olhar dos discípulos, o mestre trata de comunicar-se.

"O que acharam da visão? Que lição de vida tiram dela?

"Ela mostra a dificuldade de relacionamento tão presente nos mundos modernos. (Opinou Renato)

"Vimos a dualidade, a diversidade dos amores e a dificuldade dos outros entenderem isso. (Observou Uriel)

"Às vezes isto entra naquela máxima: Será que isso é permitido? As pessoas tem que compreender que Deus é amor acima de tudo. (Rafael)

"As pessoas ainda não estão preparadas para o diferente. Elas preferem evitar, maltratar e negar o que existe dentro delas mesmas. Isto se chama preconceito e é o maior mal da humanidade. (Divino)

"No centro desta relação está a entrega pelo amor, a luta, o preço a pagar e como foi notado nem sempre ocorre um final feliz. Cada uma das observações suas, mostra um retrato do que presenciamos. Fica a pergunta: Que sugestões podemos dar para tentar mudar esta realidade cruel presente em nosso mundo?

"Mais humanidade, compreensão e desejo de mudança. (Renato)

"Tolerância, amor a Deus e ao próximo, atitude. (Uriel)

"Reflexão, não magoar as pessoas, ser um cidadão de bem. Porém, é bem provável que a humanidade nunca evolua nesse sentido. (Rafael)

"Concordo com Rafael. Enquanto o mundo for mundo, sempre haverá desentendimentos e desprezo entre as pessoas. Os principais motivos são: Poder financeiro, orientação sexual, raça ou cor, religião e opção política. Somente no reino do meu pai é que encontraremos a perfeição, o sucesso e a felicidade. (O filho de Deus)

"É uma grande pena, mas também uma grande verdade e não podemos fugir dela. Cada qual é responsável pelos seus atos e pelo seu próprio caminho. Se escolheres julgar o outro, também serás julgado e talvez não alcance o Reino dos céus, principal fim do homem. O livre arbítrio e é bom saber usá-lo. (Alertou Ventur)

"Fica então a lição para nós todos, o perigo de jogar-se numa relação conflituosa e o preço de nossa audácia. Amar é muito bom, mas tem que ser muito bem pensado. Vou levar isso para a vida e ter mais cuidado. (Renato)

"Muito bem, Renato, você é um jovem pensador. Também levarei esta lição e colocarei deus, a mim mesmo e minha família nas prioridades. Não deixarei de ser o mesmo cara bacana com valores e idoneidade. O pequeno sonhador da gruta destinado a conquistar o mundo inteiro. (Aldivan)

"Sim, nós já te adoramos. (Renato)

"Meu protegido, minha criança amada. (Uriel)

"O homem que mudou minhas concepções sobre os humanos. (Rafael)

"O filho de Deus espiritual, meu parente em espírito, o início, meio e fim de todas as coisas. (Ventur)

"Obrigado a todos. Sei que poderei contar com vocês nos momentos de angústia. Vamos em frente! (Divino)

"Assim seja. Por hoje é só. Voltemos para casa. (Ventur Okter)

O pedido do mestre soou como uma ordem e eles pegaram o mesmo caminho só que em sentido contrário. Fora uma aventura e tanto, uma descoberta e um riquíssimo conhecimento acumulado. Que viessem novos obstáculos!

Mais tranquilos e confiantes, eles procuram fazer o percurso o mais rápido possível. Naquele exato instante, já não restava dúvidas do quão belo seria o destino de todos ali. Os selos divinos seriam as chaves que faltavam para que pudessem desvendar a continuação da série, presa no tempo e no espaço. Havia muito a se considerar, mas eles pressentiam que estavam na pista certa. Que Deus continuasse os abençoar em cada uma de suas atitudes.

Duas horas depois, com a ajuda dos anjos, eles retornam para casa. Ao adentrar, o aspecto está um pouco bagunçado e eles tratam de ajeitar isso e preparar o jantar. Mais tarde, observariam as estrelas e depois dormiriam na expectativa de mais emoções. Até o próximo capítulo!

<u>Ventos no mar</u>

Uma nova etapa é iniciada com um novo amanhecer. O dia promete ser de sol, com baixa umidade e com ventos fortes soprando por todos os lados. Este clima era ótimo para nosso grupo de escoteiros em suas investidas em terras ainda não desbravadas. O ânimo era dos melhores por já terem conquistado seis batalhas internas importantes.

Logo cedo, nossos colegas de caminhada se dispuseram a levantar e a realizar suas obrigações. Na manhã, eles tomam banho, escolhem e vestem uma roupa limpa, preparam o desjejum e em seguida alimentam-se, e finalmente saem. O destino é bem perto, por detrás da casa, e com poucos passos nossos companheiros de aventura chegam lá. É uma pequena horta pronta sortida com inúmeros cultivos. Tudo é muito organizado e limpo, nossos amigos tem apenas o trabalho de limpar a grama que crescia em volta das plantas e como experimento, plantam algumas mudas de roséolas. Roséolas é uma planta especial do planeta, representando a esperança, a fé e a confiança nos seres. Ela fica sendo o símbolo do grupo.

Após este trabalho, eles retornam para casa e em alguns instantes já limpam a casa e preparam o almoço. O clima é de liberdade e descontração num momento em que cada coisa estava em seu lugar. O destino apontava para um grande projeto em cada um deles teria um papel decisivo e fundamental. Embora nada fosse claro, Deus preparava o melhor caminho para eles ao longo de sua trajetória. Eles não percebiam isso, mas suas almas intensas desconfiavam do imenso amor do pai para com eles em frente aos fatos de outrora e recentes. Quem é como Deus? Mesmo que demorasse, a vitória poderia chegar no tempo marcado.

Com tudo pronto, eles repõem as forças, trocam informações, brincam, divertem-se e ao final reúnem-se novamente. Fica acordado entre eles a realização do sétimo passo desde que tinham chegado a Crovos. Muitas aventuras poderiam vir por aí.

Um a um vão deixando a residência e após uma explicação rápida do orientador pedem ajuda aos anjos pois o destino estava a mais de seiscentos quilômetros de distância. Rafael pega no Colo Renato e Ventur enquanto Uriel pega seu protegido, o pequeno sonhador da gruta.

Começa então a viagem. A pedido dos tripulantes, vão numa velocidade regular o que lhes dá a oportunidade de observar todo o relevo do planeta. Crovos tinha estruturas rochosas, água em alguns pontos, altas altitudes, abismos profundos, vulcões ainda em atividade e o oceano ocupava dois terços de sua área territorial. A cada instante, maravilhas e desafios colocavam-se no caminho o que demonstrava a peculiaridade do voo.

A título de informação, cada um deles tinha sido orientado quanto ao voo e ao desafio em si, mas o prazer da descoberta era algo realmente indescritível e espantoso. Nada é como pintam ou como pensam e sim como nós vemos, um mundo em si. Um mundo a conquistar.

Após um tempo, eles finalmente chegam ao objetivo: O litoral do planeta. Eles descem para a praia, e vão de mãos dadas até a sua beira. O mestre recita uma oração misteriosa feita com palavras ininteligíveis. Neste instante, uma pequena visão se mostra.

"Está ocorrendo uma disputa na praia. Trata-se de uma corrida de barco a vela aonde ganha quem chega a um ponto específico no mar. Na corrida, destacam-se dois barcos: Um azul e um amarelo que estão equilibrados na disputa pelo título. Em dado momento, infelizmente, o amarelo começa a afundar dentro do alto mar. Alheio a isso, o azul permanece na corrida deixando os concorrentes entregues à própria sorte. Os integrantes do terceiro colocado, o barco cor prata, mesmo tendo chances de título preferem abortar sua corrida e socorrem os tripulantes do barco amarelo. Um a um, são colocados a salvo na embarcação restante. Ao final, quem vence é o azul, mas do que vale sua vitória? Os verdadeiros heróis são aqueles que usaram da caridade para o seu próximo porque a vida humana é a coisa mais preciosa que existe."

A visão se esvai e a conversa é retomada entre os personagens da série o vidente.

"Vimos os opostos: Caridade e indiferença. Cada um é responsável por escolher sua identidade ao longo da vida. Eu escolhi servir meu próximo. (Ventur)

"Eu escolhi olhar para o outro com os olhos de pai e de amigo, sem nenhum preconceito. O mundo pode até rechaçá-los, mas eu nunca vou lhes abandonar. Nunca vou deixar de ser assim. (O vidente)

"Eu valorizo uma boa amizade e então se um amigo meu ficasse numa situação ruim eu prontamente iria ajudá-los. (Renato)

"Nós anjos juramos ter uma conduta leal para com nosso Deus, entre nós mesmos e com os humanos. Os que caem e os mais fracos são amparados pelos outros. (Rafael)

"Como eu sou um anjo da guarda, minha promessa envolve somente meu amo e senhor a quem devo prestar honra. Eu também nunca vou abandoná-lo. (Uriel)

"Vocês são a exceção da exceção. Em verdade, a maioria da humanidade está perdida e é egoísta demais para perceber a necessidade dos outros a exemplo na história dos tripulantes do barco azul. Em consequência, a salvação é para poucos. (Concluiu Ventur)

"Fazer o quê? Graças a Deus somos a diferença. Continuemos no nosso caminho sem preocupar-se com o que possa acontecer. Podemos transformar o mundo, mas não completamente e isto é uma realidade da qual ninguém pode fugir. (O filho de Deus)

"Sábias palavras. Voltemos a nosso reduto. (Ventur)

A ordem do descendente de cristo foi acatada imediatamente. Os anjos pegam os humanos no colo e lançam voo no caminho de volta. Enquanto viajam, um misto de prazer, confiança e certeza os acompanha. Já completaram cerca de mais da metade das etapas e esta conquista afaga o ego de todos. Absolutamente nada seria impossível para aquele grupo fantástico. Uma equipe que já vivenciara seis histórias, cada qual com suas especificidades. A ordem principal era: ter paciência, cautela e esperança para que alcançassem voos mais altos. É neste estado que completam a viagem e chegam em simultâneo, aproximado da ida. A primeira coisa que fazem é ir descansar. O próximo dia prometia mais experiências.

A verdade que liberta

Mais um novo estágio começa envolvendo sonhos, expectativa, medo e ansiedade por parte dos participantes. Estávamos no desafio correspondente ao oitavo selo, restando apenas cinco para a conclusão definitiva sobre a história. Mesmo faltando bem pouco, provavelmente estavam diante do maior desafio de todos: entender a si mesmos num mundo em mudança, desorganizado e instável como era Crovos. As provas estavam por todo lugar e confundiam-se na própria natureza.

Ainda na manhã, começa uma chuva fina misturada com pedras o que obriga nossos amigos de aventura a ficarem em casa. Segundo informações do anfitrião, esta categoria de chuva era sequencial e duraria o dia inteiro. Não havia outra maneira senão conformar-se e procurar alguma ocupação.

Eles tomam banho, preparam o café da manhã e ao ficar pronto, comem sofregamente. O cardápio é ovos estrelados de rapina, uma categoria de ave do planeta. Eles adoram o sabor da carne e divertem-se bastante durante o período de alimentação. Ao terminar, eles começam a dialogar entre si.

"O que estão achando até o momento do planeta e dos desafios impostos? (Ventur)

"Crovos está surpreendendo-me Tem uma vasta diversidade apesar de todo o esgotamento iminente. Seus relevos naturais com a fauna e flora são únicos. Além do que sua figura ilustre é impressionante. Em relação aos desafios, são muito instrutivos. Acredito que estaremos mais preparados ao completar este ciclo. (Opinou Divino)

"Kalenquer também era um belo planeta até que o maligno dispersou uma boa parte dos anjos. O que faz bonito um planeta é a qualidade do seu povo? Cada selo está revelando-se uma ótima oportunidade de evolução. (Rafael)

"Verdade, irmão. Mas isto já é passado. Deus provou que está ao nosso lado ao permitir nossa vitória sobre a hipótese das trevas. Acredito que o poder dos selos foi fundamental para isso ocorrer. (Uriel)

"Está tudo preparado, eu creio. Estou gostando muito do aspecto do planeta. Porém, tenho uma curiosidade: como será que Ventur suportou tamanha solidão ao longo dos milênios?

"Sou um viajante do espaço e já tive várias encarnações. Este invólucro material atual tem apenas cinquenta anos. Um descendente de cristo tem esta peculiaridade, de não se esquecer de suas origens. (Revelou Ventur)

"Entendi. (Renato)

"O que mais faz feliz em vocês? (Ventur)

"Meu pai espiritual e minha família terrena. (Divino)

"Minha mãe adotiva, Deus, meus amigos, meus colegas e a série "O vidente". (Renato)

"Eu mesmo, a união dos meus semelhantes e o amor. (Rafael)

"Meu protegido, o pai criador, o universo em si e o futuro. (Uriel)

"Jesus Cristo, pai de todos, minha família que perdi, a expectativa de um novo amor que nunca chega e os sonhos contínuos. (Ventur)

"Estamos todos no mesmo barco, um por todos e Deus por nós. Como é bom repartir com vocês um pouco de mim. (O filho de Deus)

"Nós também te agradecemos, eu em nome de todos. Sempre foi meu sonho te conhecer, o único homem a vencer a gruta e seu fogo. Agora diante de ti minhas suspeitas foram confirmadas. Não há ninguém igual a vós em todo o universo. (Afirmou Ventur)

"Obrigado. Cada um aqui é especial para Deus para mim. Estamos predestinados. (Aldivan)

"Assim seja! (Todos)

"Qual a pior coisa que pode ser encontrado no próximo? (Indagou Renato)

"A falsidade. (Divino)

"O orgulho. (Rafael)

"A preguiça. (Uriel)

"A desonestidade. (Renato)

"Aprendam que só a verdade vos libertará mesmo que seja dura a princípio. Com a verdade, podemos conquistar nossos projetos honestamente enquanto a mentira é uma grande farsa. Os justos conhecem bem a verdade de seu pai e são estes que reinarão no mundo futuro. Então escolham seu lado.

"Você sabe que já escolhemos e que seu aviso é para as demais pessoas que leem este livro. Agarrem-se a este alerta que suas vidas serão abençoadas pelas forças divinas. Tenham mais fé. (Recomendou o vidente)

"Exatamente. Este foi o oitavo selo. (Ventur)

A conversa perdurou ainda por um bom tempo. Ainda tiveram

tempo para trabalhar e comer. Perto do fim da noite, a chuva de pedras diminuiu e pouco depois se findou. Foram dormir em paz consigo mesmos esperando por um amanhecer de mais um dia incrível e enriquecedor em suas vidas.

A divisão de pães

Uma nova etapa inicia-se. O clima é estável, o céu azul e as expectativas são as melhores possíveis. Desde cedo, nossos companheiros de aventura mostram-se bem-dispostos quanto ao cumprimento de tarefas e em relação ao objetivo maior. Cumprem suas obrigações de forma proficiente e alegremente como se fosse a última coisa que fizessem. Porém, tinham conhecimento que havia ainda muito a vivenciar.

Quando o café fica pronto, eles repartem entre si os alimentos disponíveis: três ovos e dois pães para cinco pessoas. Mesmo o café sendo míngua, eles não perdem a alegria nem a descontração entre si. Ao terminar de comer, uma conversação é iniciada:

"Acabamos de vivenciar o exemplo que Jesus no Deus descrito assim na Bíblia: "Depois disso, Jesus foi para a outra margem do mar da Galileia, também chamado Tiberíades. Uma grande multidão seguia Jesus porque as pessoas viram os sinais que ele fazia, curando os doentes. Jesus subiu a montanha e sentou-se aí com seus discípulos. Estava próxima à páscoa, festa dos judeus. Jesus ergueu os olhos e viu uma grande multidão que vinha ao seu encontro. Então Jesus disse a Filipe: Onde compraremos pão para eles comerem? Jesus falou assim para testar Filipe, pois sabia muito bem o que ia fazer. Filipe respondeu: nem meio ano de salário bastaria para dar um pedaço para cada um. Um discípulo de Jesus, André, O irmão de Simão Pedro, disse: aqui há um rapaz que tem cinco pães de cevada e dois peixes. Mas o que é isso para tanta gente? Então Jesus disse: falem para o povo sentar. Havia muita grama nesse lugar e todos sentaram. Estavam aí cinco mil pessoas. Jesus pegou os pães, agradeceu a Deus e distribuiu aos que estavam sentados. Fez a mesma coisa com os peixes. E todos comeram o quanto queriam. Quando ficaram satisfeitos, Jesus disse aos discípulos: recolham os pedaços que sobraram, para não se desperdiçar nada. Eles recolheram os pedaços e encheram doze cestos com as sobras dos cinco pães que haviam comido. As pessoas viram o sinal que Jesus realizara e disseram: este é mesmo o profeta que devia vir ao mundo. Mas Jesus percebeu irem pegá-lo para fazê-lo rei. Então ele se retirou sozinho, de novo, para a montanha. Através deste milagre, Jesus mostrou sua grandiosidade e o amor do pai para com as criaturas. Em paralelo, mostramos a solidariedade ao dividir pequenas porções de comida entre nós mesmos. Que experiências poderiam relatar nesse sentido? (Ventur Okter)

"Tudo na minha vida direciona-se para isso. Eu já ajudei várias pessoas financeiramente, dei conselhos, propago a palavra divina através dos meus livros, socorro os aflitos e doentes, compreendo meus irmãos, faço do meu próximo meu amigo e creio em Deus acima de todas as coisas. Em suma, minha existência na terra é a prova viva do amor de Deus pela humanidade e só de estar aqui com vocês é uma grande oportunidade e digamos um milagre. (Relatou o filho de Deus).

"Minha experiência demonstrou-se nas piores crises financeiras. Quando não tínhamos comida suficiente, minha mãe preferia ficar com fome para eu comer. Este amor de mãe comparo ao de Deus retratado neste milagre, um amor sem medidas e sem interesses. (Renato).

"Nas guerras angélicas os mais fracos são sustentados pelos mais fortes e é nisto que comparo a divisão dos pães, quem tem mais dá para quem tem menos. (Rafael)

"O alimento dos anjos da guarda é o bem que fazemos aos nossos protegidos. Acredito que este milagre da graça se manifeste no instante em que nossas forças fraquejam e a divindade nos sustenta. (Uriel).

"Excelente. Que bom que tiveram experiências boas nesse sentido! No meu caso, por ser descendente de cristo, o bem por si só realiza milagres os quais não costumo me gabar. O que posso dizer é que Javé é um verdadeiro pai para mim? E quanto às experiências contrárias? Qual é a vossa opinião sobre isso?

"Tive várias. Acredito que a competição é o principal fator envolvido nisso. De modo a vencer, os seres humanos não medem esforços e não se importam em atropelar o direito do outro. Isto é sinônimo de modernidade. Prefiro ser arcaico e ter meus valores, deles não abro mão nunca. (O vidente)

"Disputas nas escolas, disputa pelo amor, disputa política, egoísmo, desamor são os principais casos. Acredito que competir é saudável desde que nos limites. (Renato)

"Traições nas hierarquias, rebelião, falsidade é o que acontece às vezes em nossa raça. A solução é abandonar estes seres pecadores à própria sorte, pois trabalham para o mal. Foi a escolha que fizeram. (Rafael)

"A pior dor de um anjo é quando seu protegido simplesmente ignora-lhe. Não temos outra opção senão esquecer-se dele também até que haja uma reconciliação conosco. (Uriel)

"Certo. Entendo todos vós. Espero que nossa pequena experiência tenha ensinando-lhes a moral do nono selo seguiremos então para a próxima etapa. (Ventur).

"Assim seja! Que Deus queira. (O vidente)

Eles reúnem-se novamente e então já organizam uma nova fase de aprendizado. Continuem acompanhando, leitores.

Mal não cura mal

Ainda pela manhã, o grupo começa interagir entre si com o objetivo de compreender e decifrar mais um selo. O tempo urgia e era necessária uma ação objetiva em relação ao desafio atual. Estes são alguns trechos da conversa.

"O que vocês acham das pessoas que procuram casas de feitiçaria para conseguir favores e fazer o mal aos outros? (Ventur)

"Imperdoável. A criatura que busca o mal para solucionar seus problemas terminará por criar outro problema ainda maior. (Rafael)

"Deus pai não aceita esta categoria de conduta e espera sinceramente que o ser humano se arrependa de seus atos para ter uma nova aproximação. (Uriel)

"Eu pequei. Fui a uma destas casas quando estava doente para tentar adivinhar meu futuro. Tudo era muito confuso em minha mente, as vozes eram muito fortes e enganaram-me. No entanto, meu anjo não permitiu minha volta para esta casa e a partir daí a paz foi restabelecida na minha casa. Hoje, eu sou um novo homem. (O vidente)

"Já pensei nisso a título de curiosidade, mas minha mãe adotiva sempre me orientou neste sentido. Não vale a pena. (Renato)

"Muito bem! Opiniões bem construtivas. Era uma vez um homem que perdeu tudo, inclusive a dignidade. Ele revoltou-se contra a vida e contra Deus e concluiu que não valia a pena ter se esforçado tanto para ser bom. Então ele procurou a Satanás. O que diriam para ele agora? (Ventur)

"Tente outra vez. (Rafael)

"Busque soluções e refugie-se em Javé. (Uriel)

"Negue o mal dentro de si e procure na escuridão a centelha de luz divina. Javé é o único que pode transformar sua vida. Sim, você está errado: Ser bom compensa e muito. (O vidente)

"Somos os maiores responsáveis pelos nossos fracassos ou vitórias. Atribuir a outrem a responsabilidade não é justo. Se eu cair, eu levantar-me-ei quantas vezes forem necessárias. (Renato)

"Exatamente. Quem já se viu Satanás curar o próprio mal? Somente as forças do bem é quem pode lutar contra o mal e mudar as coisas. Javé Deus criou tudo e os nossos pequenos problemas não são nada diante dele. Não fale para Deus o tamanho do seu problema e sim mostre ao seu problema a grandeza do vosso Deus. A ele toda honra, glória, adoração e soberania para sempre. Este foi o décimo selo.

"Voltemos às nossas obrigações. Obrigado, mestre. (O vidente)

"Por nada. (Ventur)

Os trabalhos estavam concluídos por ora. No restante do dia, eles buscariam refletir sobre os ensinamentos atuais e os anteriores. A cada etapa conquistada, eles estavam mais próximos duma verdade misteriosa.

Eles almoçam, passeiam no campo no período da tarde, voltam para casa, jantam, curtem a noite e finalmente vão dormir. Até o próximo capítulo.

A fortaleza nos momentos de escuridão.

Vivenciar dois momentos distintos no mesmo dia foi um marco desta aventura. Esta nova realidade abria perspectivas para uma solução rápida de ideias o que era perfeito para nossos amados amigos. Um novo amanhecer os despertou e os fez realizar com celeridade as obrigações cotidianas. Varrem a casa, tomam banho e satisfazem suas necessidades fisiológicas, preparam o desjejum, alimentam-se e assim que terminam propõem-se a um novo debate de ideias.

"Proponho uma categoria de confissão entre sobre o que foi mais duro em sua vida. Eu começo. Meu momento mais difícil aconteceu quando minha mulher e filhos foram atingidos pela chuva de meteoros. Naquele instante pensei ser o fim de tudo que construí e do meu prazer. O que faria agora que estava só? O tempo mostrou para mim que eu tinha uma vida pela frente e por mais triste que tenha sido a perda da minha família eu poderia superar. Foi o que aconteceu. Segui com minha vida em frente e minhas dores estão em controle. Graças a Javé! (Confessou Ventur)

"Meu pior momento foi quando minha mãe faleceu e fiquei entregue aos cuidados do meu pai. Sofri violência familiar dia após dia e isso só acabou quando decidi dar uma basta. Hoje, ao lado do espírito da montanha, estou recuperando o tempo perdido e descobrindo um Deus cada vez maravilhoso na pessoa do vidente. Quero esquecer o mal e daqui para frente só ter sucesso. (Renato)

"Uma situação ruim que passei foi quando na guerra dos Anjos não conseguimos evitar a morte de vários companheiros nossos. Foi muito triste este fato apesar de termos vencido a guerra. Aliás, não há partes vencedoras numa guerra. (Observou Rafael)

"Meu maior pesar ocorre quando não consigo proteger meu querido amado filho de Deus. Nestas situações, eu me sinto inútil. (Uriel)

"Sem problemas, Uriel. Agradeço sua dedicação e glorifico a meu pai. Quanto ao meu pior momento, foi quando eu estava desempregado e sem rumo. Todos meus amigos abandonaram-me a exceção de Deus Ele não se importou com meu passado de crimes e me deu uma nova oportunidade. Ele transformou minha vida de tal maneira que já não consigo viver sem ele. Glória a Deus por eu mudar de vida e me tornado o homem que sou Hoje. Deus foi "A fortaleza nos momentos de escuridão". (O vidente)

"Disse tudo. Cada um de nós através de diferentes experiências experimentou do poder e misericórdia de Deus. Isto é exatamente o décimo primeiro selo. Agora, devemos sair um pouco. Acompanham-me?

"Sim. (Todos)

A conversa encerrou-se por aí. Os nossos colegas de aventura foram cuidar de suas obrigações cotidianas e a manhã passa rápido. Almoçam, passam a tarde na roça e mais tarde voltam para casa. Jantam e decidem sair em busca de mais um desafio. A direção escolhida é a sul e o momento é muito propício para assimilação de conhecimentos. Que mais surpresas viriam pela frente?

O domínio do poder

O desafio correspondente ao décimo segundo selo era gigantesco. Já era noite e nossos amigos caminham cuidadosamente nas trilhas tão perigosas do planeta. Estavam indo em direção a floresta negra novamente que ficava cerca de quinhentos metros ao fundo da casa. Eles agem com bastante precaução, pois qualquer deslize seria fatal para suas pretensões. O momento era especial pelo fato de já terem conquistado onze selos dum total de treze.

Neste trecho curto, com o caminho iluminado pela glória dos anjos, são surpresos por animais venenosos que avançam sobre eles. A sorte do grupo foi a agilidade e destreza de Rafael e Uriel que dominam os animais e os lançam para longe, do outro lado do planeta. Pronto, agora estavam tranquilos em relação à sua segurança. Nada nem ninguém podia lhes fazer mal, pois Javé Deus protegiam-nos como filhos.

Ao adentrar na mata, um misto de sentimentos conflitantes preenche a mente do nosso ídolo. O que fazer a partir de agora num local escuro, frio e perigoso? Era como se voltasse dez anos atrás quando da "sua noite escura da alma", período em que se desligou do bem, de seu Deus e afundou em pecados. Era um limiar entre o bem e o mal, que lutavam dentro de si por um lugar cativo. Num momento tão complicado como este, era bom pensar bem no que fazer antes de tomar uma atitude. Esperava que as forças benignas do universo o auxiliassem e apontassem para um caminho mais claro, tranquilo e prazeroso frente à situação atual. Com tudo certo, poderia ser que quebrasse o conjunto de selos e então entenderia o "buraco negro" que pode ser definido como "Um **ponto para onde tudo converge e se transforma. São espaços dimensionais existentes nas dimensões visíveis que ligam a uma força maior, capaz de realizar milagres, curas e libertação. É o conhecimento puro sobre o infinito e em relação a Deus. É um estágio tão atacante que nem sequer os arcanjos conseguem alcançar, somente os filhos de Deus".** Esta definição excluía seus amigos e os incluía em sua graça, um dependente do outro.

Por um tempo que não souberam mensurar caminharam a esmo dentro dó matagal, guiados apenas pelo instinto e pela luz dos Arcanjos. Chegam, por fim, a uma encruzilhada. Vários caminhos encontram-se num só e eles põem-se no ponto de encontro. Eles dão-se as mãos por orientação do mestre e seguindo um ritual específico as janelas dimensionais da mente são abertas e eles têm uma visão múltipla.

"Genikelly e Roberto são um casal residente numa favela do Rio de Janeiro. Apesar do grande carinho com um pelo outro, vivem cheio de problemas de relacionamento o que provoca com frequência brigas efusivas da parte deles. A situação tendeu a piorar devido á mudança de comportamento de Roberto: Festas, bebidas e traição. O que era antes um marido fiel e prestativo, virou apenas um amante sem maiores expectativas. A esposa não entendeu o porquê dessa mudança repentina, já completando três anos de casamento. Por outro lado, ela afastou-se do esposo e ficou lhe evitando o que piorou a situação de convivência. Como qualquer casal, eles tentaram conversar e entender-se, mas nenhum se dispôs a renunciar a seus prazeres pessoais. Chegou num momento em que eles não aguentaram mais e separaram-se. Porém, isto não era o fim.

Irritada com a atitude do marido, Genikelly usou de seu poder de manipulação espiritual para atingir o inimigo. Onde quer que fosse, ele não tinha paz até que encontrou num abrigo um homem bondoso. Usando um ritual de magia branca, ele invocou os seres do bem que começaram a lutar contra as forças do mal. Numa alegoria, diríamos que as borboletas negras eram os demônios e as borboletas-brancas, os anjos. Á medida que a fé de Roberto aumentava, as negras perdiam a força até serem totalmente destruídas. Não foi um embate fácil, mas ficara claro neste exemplo que só o bem podia anular o mal a depender da força de vontade das pessoas envolvidas."

Com o fim da visão, eles voltam a comunicar-se entre si.

"Que lições vocês tiram deste exemplo? (Ventur)

"Falta de comunicação, inveja e força desproporcional. (Renato)

"Maldade, despeito e rancor. (Uriel)

"Vitória, bonança e escuridão. (Rafael)

"Fé, superação, guerra interna. (O vidente)

"Excelente. Compreenderam bem a questão. A chave para a vitória, neste caso, foi uma única palavra pronunciada pelo homem bondoso: Machment! Ela pode produzir no ser humano a mais viva fé diante das dificuldades. Aprendam pois. Este foi o décimo segundo selo. Amanhã será um grande dia para todos nós. Voltemos para casa de modo a descansar um pouco. (Ventur)

"Assim seja. Obrigado por tudo. (Divino)

"Não tem nada que agradecer. Está sendo uma honra participar de sua aventura. Por Javé! (Ventur)

"Por Javé! (Repetiram os outros)

No instante posterior, nossos amigos já começam a fazer o caminho de volta. Mais uma etapa foi cumprida e agora restava apenas uma para a visão final. Que tivessem sucesso!

A última era enigmática, misteriosa e insondável fazendo parte do maior mistério do mundo. Seriam eles capazes de entender o buraco negro? Ou ainda estariam preparados para talvez encarar uma verdade cruel? Eram tantas as perguntas sem respostas que eles ficaram um pouco zonzos. O que lhes restava era continuar no caminho de volta e esperar por um tempo? E assim o fizeram. Realizaram o percurso de volta sem contratempos ou surpresas devido à atenção deles em cada detalhe do trajeto. Mais tranquilos e felizes, eles chegam ao destino, a morada provisória, e ao adentrar no edifício vão logo dormir. A noite seria pequena tamanha a ansiedade que tomava conta deles. Avancemos.

A chegada do mestre da luz.

A noite e a madrugada passam rápido. Com grande disposição, nossos companheiros de batalha despertam e ao levantar, logo cedo, nossos amigos cuidam de suas obrigações rotineiras e ao terminá-las estão prontos para a retomada da aventura. Após um debate rápido, eles saem a passeio no sentido nordeste. Naquele ponto da história, eles encontravam-se realizados faltando apenas o termo final de conclusão. O que desta vez o mestre reservava para eles?

Eram inúmeras as possibilidades. A única certeza que tinham é que seria construtivo para a formação intelectual, cultural e espiritual do grupo. Um grupo que já fez estória e que estava destinado a ser o mais importante do mundo. Este otimismo era uma marca registrada de todos e através dela já alcançaram importantes feitos.

O percurso apresenta sinuosidades, obstáculos e perigos. O sol é bastante forte o que prejudica a visualização e provoca um cansaço exaustivo. Mesmo assim, eles não desanimavam. Esperavam com fé encontrar as respostas das quais tanto necessitavam. Gradualmente, eles vão avançando na trilha esburacada, guiados pelos anjos e pelo descendente de cristo. Tudo estava correndo bem até aquele instante.

Um pouco depois, concluem um terço do percurso previsto e é promovida a primeira parada. Eles aproveitam para comer, hidratar-se e descansar um pouco. Segundo informações, estavam no vale do escolhido, uma importante formação geológica caracterizada por bastante vegetação, relevos altos e baixos, formato retangular sendo ponto de encontro de vários portais dimensionais naquele mundo. Era um lugar fantástico e misterioso que os desafiava a todo instante.

Retomando a caminhada, eles vão desbravando aquelas estradas e paisagens nunca dantes vistas e tendo uma nova visão de mundo. Eles aliam o conhecimento de outrora com o atual, unindo as pontas de discórdia. Nada seria exatamente igual após o término desta etapa, pois seguiam uma linha evolutiva cada vez mais interessante e em comparação, o mundo em que estavam e o que habitavam eram duas faces do mesmo aspecto cosmológico, uma herança de Deus para as criaturas.

Avançando um pouco mais, eles já completam os três quartos do percurso.

Agora faltava pouco para desvendar o último dos treze selos. O que seria deles depois? Não dava para imaginar a grandeza deste feito, eles só queriam aprender e conhecer muito mais do que lhes importava. O resultado, se viesse, serviria para solidificar ainda mais a carreira deles. O que era vital, neste ponto, era tentar achar uma forma possível de saída para enfim entender "O buraco negro". que era o maior desafio de todos. Cientes disso, eles chegam ao local determinado, uma queda d'água ao fundo de um pequeno bosque. Eles aproveitam para tomar um banho e então é que a surpresa acontece. Emergindo das águas. Surge um homem moreno, alto, magro e com marcas importantes sobre o corpo. Tratava-se de Jesus Cristo, o rei dos reis e o senhor dos senhores. A pergunta que não quer calar é: O que ele fazia ali?

"Muito bom dia a todos. Estavam com saudades de mim? (Jesus)

"Meus senhores e meu Deus! Que honra o ter conosco! (Renato)

"Irmão, eu não o via desde que saí do interior, um bom dia! (O filho de Deus)

"Jesus, grande mestre, seja bem-vindo! (Rafael)

"Eu não esperava por isso. Fique à vontade! (Uriel)

"Vós chegastes ao momento certo, meu pai! Eis teus servos à beira de conquistar os treze selos. (Ventur Okter)

"Eu sei. Por isto eu vim. Está na hora de outra pessoa além de nós dois conquistar este feito. Eu vos darei uma oportunidade, Divino. (Dispôs-se Jesus)

"Muito obrigado, meu amado mestre. O que devo fazer? (Divino)

"Esta é sua oportunidade. Conte-nos um pouco de si e de seus objetivos. Mostre-se para o mundo que está destinado a conquistar. (Jesus)

Como resposta, O pequeno sonhador aproximou-se de seu irmão e o abraçou profundamente. O convite de Jesus era claro: mostrar-se ao mundo era necessário mesmo que ele já soubesse de tudo. Era uma prova que teria que realizar. Consciente de tudo o que podia dizer, Divino afastou-se um pouco e colocou-se no centro da conversa. Ajeita seus cabelos e a roupa suada, respira ofegante e então determinadamente começa:

"Sou aquilo que sou, sou o princípio, meio e fim de todas as coisas. Estou no céu, no inferno, na cidade dos homens, nas galáxias e respectivos planetas, estou nos buracos negros, nos sóis, junto aos seres do bem, eu estou em toda a parte. Como ser terrestre, eu nasci no nordeste do Brasil, uma terra seca, frágil, cheia de desigualdades e sofrimento. Convivi desde cedo com o fracasso, com a miséria, com a opressão, com a indiferença e com a falta de oportunidades. Cresci cheio de sonhos nesta terra apesar de muitas pensar que seria impossível realizar meus sonhos mais profundos. Eu não podia desistir. Prometi a mim mesmo persistir na minha luta em prol de uma causa digna. Não importava o que os outros pensavam de mim, eu sabia ter uma pequena hipótese de sucesso. Foi assim que enfrentei o desemprego, a rejeição, o abandono, a perca da fé e a luta contra um destino cruel. Neste caminho, quase caí em contradição, sendo resgatado do fundo do poço pelo poder de Deus. A partir do dia em que eu decidi entregar minhas cruzes ao redentor, tudo começou a dar muito certo. Arranjei uma ocupação, eu voltei a escrever, eu recuperei o ânimo e acreditei mais em Deus e em mim mesmo. Quando o ser humano é autoconfiante tudo fica mais fácil? Hoje, já cumpri seis etapas construtivas de conhecimento e estou na sétima. Existe um limite para meus sonhos? A resposta é não, somente os limites da imaginação. Neste mundo de sonhos quem manda sou eu e quem se deleita são os leitores meus, espalhados por inúmeros países ao redor do globo. Sou o vidente, alguém que veio para mudar por completo sua opinião sobre o que é ser do bem. (Vidente).

"Sou teu irmão e teu pai. Apesar de ser superpoderoso, eu me rendo a sua dedicação, garra e fé. Eu o acompanho desde o princípio, ao meu lado e do meu pai, e na sua estada na terra. Do que depender de mim, sua vitória e de seus companheiros está garantida. Sim, és digno de conhecer o mistério completo dos treze selos. (Jesus)

Dito isto, Jesus saiu da água e chamou a todos. Os outros obedecem e juntam-se. Eles deram-se as mãos e, num instante, fizeram um círculo com eles movendo-se rapidamente A velocidade aumentou gradativamente ao ponto de eles quase desmaiarem. No momento que atingem o êxtase, o chão treme, o céu escurece, as forças mentais e gravitacionais são abaladas com a visão mostrando-se claramente a todos.

Final

www.ingramcontent.com/pod-product-compliance
Lightning Source LLC
LaVergne TN
LVHW020436080526
838202LV00055B/5214